anagramma

1060

Della stessa autrice:

Ti prego lasciati odiare
Come inciampare nel principe azzurro
Finché amore non ci separi
Tutti i difetti che amo di te
Un giorno perfetto per innamorarsi
L'amore non è mai una cosa semplice
L'importanza di chiamarti amore
È solo una storia d'amore
Un imprevisto chiamato amore
Non ho tempo per amarti
L'amore è sempre in ritardo
Questo amore sarà un disastro
Molto amore per nulla
Tutto a posto tranne l'amore
Non sono una signora
Sfida all'ultimo bacio

Immagini: © Shutterstock Images

Prima edizione: novembre 2022

ISBN 978-88-227-7225-1

www.newtoncompton.com

Realizzazione a cura di Librofficina
Stampato nel novembre 2022 presso Puntoweb s.r.l., Ariccia (Roma)

Anna Premoli

Un amore sulla neve

Newton Compton editori

Capitolo 1

Apro gli occhi ancora gonfi dal sonno e mi trascino ondeggiando in cucina, dove mi attende Sveva, regale e maestosa come solo lei sa essere, pur indossando un pigiama di flanella di Peppa Pig. Per la cronaca, io non riuscirei a ottenere lo stesso effetto nemmeno se mi mettessi un elegante pigiama di pizzo scuro. Non che sia davvero interessata a provarci: non cerco mai di strafare, e di certo non con le cose ricercate, verso cui sento un'inclinazione pari a quella per l'arrampicata libera. Sono un'anima dai gusti molto semplici e felice di rimanerlo. Sveva invece è naturalmente chic, nonostante certe sue scelte di abbigliamento azzardate: è semplicemente il suo modo di essere, non c'è alcuna forzatura.

«Buongiorno», mi saluta sorridendomi tutta felice. Tra le mani tiene una gigantesca tazza di ceramica tutta colorata, dal cui bordo fa capolino l'invitante schiuma di un cappuccino appena preparato.

A dare un'insperata svolta positiva alle nostre mattinate è stata infatti una provvidenziale raccolta punti del supermercato di fiducia, grazie alla quale abbiamo scoperto quale lusso sia possedere un montalatte elettrico. A Milano le raccolte punti dei supermercati sono una cosa seria e vengono subito dopo le polveri sottili e lo sciopero dei mezzi. Anzi, sospetto che siano persino più importanti dei tranvieri che incrociano le braccia; qualche anno fa, quando gli scioperi erano davvero un evento eccezionale, i milanesi erano molto più propensi a considerarlo un problema serio. Ma da quando si sciopera un giorno sì e l'altro pure, il pathos è notevolmente diminuito.

In ogni caso, al momento siamo felicissime proprietarie di un magico montalatte che in questa casa produce ogni giorno circa mille litri di schiuma per soddisfare le nostre esigenze. Si potrebbe pensare che in casa nostra – o per meglio dire, in casa di Sveva, anche se io mi sento una vera colonna portante del nostro ménage – abitino venti persone, e non due, visto l'ammontare che siamo capaci di fare fuori.

«Buongiorno», ricambio cercando di imitare il suo tono allegro. Da quando siamo tornate dal campeggio in Croazia, la scorsa estate, Sveva è sempre gioiosa. Persino troppo.

Per carità, eravamo partite proprio con l'intento di tirarla su di morale, ma per quanto l'amicizia possa fare miracoli, non c'è niente in grado di competere con il potere terapeutico di un nuovo amore. In quell'occasione la nostra amica ha infatti conosciuto Federico, un giovane ingegnere che sembra uscito da un romanzo, tanto è perfetto, ed è caduta ai suoi piedi come una pera cotta. Visto il soggetto che stava per sposare e che invece l'aveva mollata qualche mese prima delle nozze – episodio provvidenziale ma per me totalmente incomprensibile (Sveva era una spanna sopra il suo ex fidanzato. Al suo posto avrei baciato la terra su cui camminava, altro che mollarla) – chiunque avrebbe letteralmente costituito un progresso. Ma la fortuna le aveva sorriso; altroché se l'aveva fatto. Federico è davvero un tesoro, e pure con dei pettorali d'acciaio. E quelli non guastano mai, per quanto mi riguarda: un uomo con cervello e pettorali rappresenta il pacchetto completo.

«Quando atterra il tuo uomo?», le chiedo accomodandomi di fronte a lei e afferrando con decisione una merendina al cioccolato dal cestino in mezzo al tavolo, pieno di ogni tentazione possibile. In mano tengo già la mia tazza con il cappuccino che ha preparato Sveva. Sì, siamo profondamente salutiste, nel caso qualcuno avesse dei dubbi. E vorremmo davvero metterci a dieta, prima o poi, ma siamo in attesa che qualche medico americano decida di far soldi escogitando il suo personale programma alimentare. Possibilmente a base di solo cioccolato e carboidrati. Nell'attesa ci stiamo già esercitando.

«Tra due ore. Mi vesto e vado a prenderlo. Non vedo l'ora di riabbracciarlo. Mi è mancato da pazzi!», mi confessa con quello sguardo perso nel vuoto che si perdona solo alle persone innamorate, perché affette da oggettiva incapacità di "vedere le cose con distacco".

«Non lo vedi da *tre* giorni», devo ricordarle. L'ultima volta che ho sentito così tanto la mancanza di una persona, erano, con tutta probabilità, ancora i primi anni Novanta. Non ne vado fiera, ma a quei tempi ero molto attaccata a mia madre. Se uno ci vedesse oggi, non lo crederebbe mai possibile.

«Tre giorni sono un'eternità», sospira lei con viva sofferenza.

Decido di lasciar perdere. Mai cercare di ragionare con gli innamorati. «Sì, indubbiamente. Che fate a pranzo?», cambio argomento.

«Siamo stati invitati dai suoi». Federico non solo è meraviglioso, ma ha pure dei genitori perfetti. Una di quelle coppie da pubblicità sempre sorridenti e gentili, che ti accolgono a braccia aperte e ti fanno subito sentire parte della famiglia. Sto seriamente considerando l'ipotesi di farmi adottare.

«Fortunella...», sospiro pensando invece al pranzo da incubo che mi attende.

«Se lo desideri, puoi unirti a noi. Lo sai che i genitori di Fede sono sempre felici di avere ospiti», mi propone magnanima.

«Se solo potessi farlo... Ma non mi è permesso. Oggi dai miei ci sarà schierato l'intero reggimento. Mia madre mi decapiterebbe, senza nemmeno darmi la possibilità di difendermi, se osassi mancare».

Sveva, che a sua volta ha una famiglia con parecchi aspetti in comune con la mia, mi sorride comprensiva. Unite nella sofferenza. «Più gente c'è, meno possono romperti le scatole», mi ricorda.

Su questo non ha tutti i torti. «Infatti è quello in cui spero anch'io. Ma da quando mia sorella si è sposata, hanno esaurito di punto in bianco le innocue sciocchezze di cui discutere a tavola. I pranzi erano per me molto più rilassanti finché c'era da decidere se il bouquet dovesse essere compatto oppure a cascata. Credo di ricordare che sia stato il nodo centrale di almeno due mesi di incontri familiari. Per la cronaca, alla fine ne hanno scelto uno che è concepito come una sorta di via di mezzo tra le due opzioni. Il dilemma era troppo arduo, capisci. Ma ora, senza più argomenti "di vitale importanza", non vorrei che prima o poi qualcuno si ricordasse della mia esistenza. Potrebbe rivelarsi alquanto pericoloso».

«Se lo ricordano, se lo ricordano che esisti...», ride Sveva.

«Temo anch'io. L'impressione è che, sistemata una figlia, non vogliano perdere tempo per fare altrettanto con l'altra. Ma godersi un po' questo grande successo sociale e smetterla di rompermi le scatole? Voglio dire, una su due mi sembra un risultato di tutto rispetto...».

La mia amica mi passa il bollitore del latte. «Un po' di schiuma?», mi propone.

«Ma certo», le rispondo allungando la mia tazza. I cappuccini forse non faranno miracoli, ma migliorano l'umore. E il mio oggi ha bisogno di tutto l'aiuto possibile.

Capitolo 2

Nonostante siano ormai passati cinque anni da quando sono andata a vivere da sola, non ho mai restituito le chiavi ai miei. Motivo per cui potrei anche entrare in modo autonomo, ma in genere preferisco citofonare. Mai prendere di sorpresa mia madre, “pit bull” per gli amici.

«Chi è?», mi chiede una voce anziana. Di bene in meglio. C’è pure mia nonna. Ci sarà da divertirsi.

«Sono io, Chiara», le rispondo, e attendo di sentire il famoso *clic*. Che però non arriva mai.

Risuono una seconda volta dopo aver atteso qualche minuto. «Chi è?».

Ma dico, mi stanno prendendo in giro? «Nonna, sono sempre Chiara! Mi apri?», chiedo alzando la voce per farmi sentire. La nonna possiede quello che io definisco un “udito selettivo”: di fatto è sorda completa e si lamenta che i suoi apparecchi per l'udito non funzionino mai, ma se per caso cerchi di nasconderle qualcosa e sussurri a bassa voce, puoi avere la matematica certezza che non le sfuggirà una sola parola.

«Chiara chi?», chiede diffidente come solo un'ultraottantenne riesce a essere.

Ma come "Chiara chi"?

«Sono tua nipote! Puoi aprirmi per favore?», la supplico seccata, alzando la voce. Qualche passante mi lancia più di un'occhiata sospettosa, indeciso se tirar dritto per la sua strada oppure se chiamare la polizia. Per fortuna il milanese medio tende a farsi gli affari suoi, a meno che non si trovi di fronte un assassino seriale con tanto di coltello insanguinato in mano e vittima morente a un passo. E pure in quel caso, è una grossa scocciatura per lui dover deviare dal normale iter. Perché andava di fretta, mi pare ovvio. Qui tutti hanno sempre premura.

Il portone non accenna ad aprirsi. A quel punto sbuffo incredula e mi metto a cercare la mia personale copia di chiavi, che sono certa di avere da qualche parte. Tutto sta nel capire dove…

Mi siedo davanti all'ingresso, intenzionata a ispezionare la mia malefica e immensa borsa mangia-chiavi centimetro per centimetro. In momenti come questo sono molto dispiaciuta di essere geneticamente incapace di uscire di casa con una di quelle minuscole borsette tanto alla moda. Io invece ho bisogno di avere sempre con me *tante cose*. Ma davvero tante! La mia borsa deve pesare almeno dieci chili prima di poter uscire di casa. Un peso minore mi insospettirebbe e mi costringerebbe a ulteriori operazioni di riempimento. Uno spazio non può andare sprecato, è una mia regola di vita.

Un'ombra mi compare davanti agli occhi, nascondendo del tutto quel fievole sole di fine novembre che ancora resiste testardo, proprio quando sono arrivata a tirar fuori i miei assorbenti di scorta. Sollevo gli occhi per cercare di capire chi sia comparso sulla scena e mi blocco. «Tu...», borbotto come una cretina, prima di ricordar-

mi degli assorbenti e cercare di ributtarli dentro sperando che non si sia accorto di nulla.

Lui sbatte le ciglia con espressione vagamente ironica di fronte al mio semisaluto non proprio ineccepibile. «Sì, io», mi conferma avvicinandosi al citofono. «A proposito, buongiorno Chiara». Ci tiene a salutarmi come si deve. Perché lui conosce le buone maniere mentre io funziono molto male sotto stress, e per qualche strano motivo mi agito sempre quando sono in sua compagnia. In ogni caso gli sono grata per non aver fatto battute: avrebbe potuto facilmente infierire, e invece ha scelto di non farlo.

Pare infatti che esista una sorta di legge non scritta per cui, tutte le volte che incontro il cognato di mia sorella, sono destinata a figure di merda colossali. Giulio Mantovani a quest'ora deve sospettare che io sia del tutto fuori di zucca. In giornate simili non mi sento di dargli torto.

«Intendi entrare?», mi chiede poi, non riuscendo a nascondere un sorriso divertito di fronte alla scena di me che lotto per riporre nella mia borsa il mare di cose che avevo tirato fuori sperando di trovare le chiavi.

«Ovvio. Solo che non mi vogliono aprire...», provo a giustificarmi. Sono perfettamente consapevole dell'assurdità della frase e infatti arrossisco.

Lui mi fissa dubbioso senza emettere sentenze sul mio discutibile stato mentale, e preme invece il pulsante del citofono. «Chi è?», si sente la solita voce di mia nonna. Ma l'hanno messa a difesa del citofono tipo drago sputafuoco?

«Giulio», risponde nel modo più semplice possibile.

E come per magia la porta si apre un secondo dopo. Anzi, mezzo secondo dopo.

Ottimo, mia nonna non si ricorda della mia esistenza ma fa entrare il fratello di mio cognato che avrà visto giusto il giorno delle nozze? Di bene in meglio...

Lui spinge in avanti la porta e la tiene aperta in attesa che io alzi il mio polveroso sedere da terra, permettendo a entrambi di entrare. Ci incamminiamo lungo l'atrio in direzione dell'ascensore; non so se questa cosa capiti solo a me o anche a tutti gli altri comuni mortali, ma tutte le volte che mi trovo in imbarazzo devo aspettare l'ascensore in compagnia di qualcuno, il pezzo da museo si trova sempre all'ultimo piano. Sempre! È matematico. Potrei iniziare a scommettere e farci dei gran soldi.

«Tutto a posto?», mi chiede Giulio per fare conversazione.

«Magnificamente», gli rispondo nervosa. «E tu?»

«Tutto bene, grazie», replica con quella sua voce che riesce a essere garbata e misteriosa nello stesso momento.

In tutta sincerità trovo che non esista frase più odiosa e insignificante di "tutto bene". Non che le mie risposte siano particolarmente geniali – ovvio che non lo sono, essendo mie – ma secondo il mio personalissimo giudizio le persone che se ne escono con "tutto bene" nascondono dei lati da serial killer. Dico sul serio.

Proprio come nelle interviste di Studio Aperto, dove il giornalista di turno rincorre i vicini chiedendo informazioni sull'assassino di turno, salvo sentirsi rispondere con frasi del tipo "non ce lo aspettavamo proprio, era così una brava persona, andava *tutto bene*".

Ecco, Giulio Mantovani potrebbe tranquillamente essere un serial killer, per quanto ne sappia, ma gli va riconosciuto che sarebbe comunque un serial killer molto affascinante. Ha un non so che per cui gli si perdona tutto, anche le solite risposte banali.

«Ottimo», è il mio imbarazzato contributo al dialogo. La conversazione è talmente brillante che decidiamo di tuffarci nell'ascensore pur di troncarla. Peccato che la scatola di latta misuri mezzo metro per mezzo metro, così ci tocca pure trattenere il fiato quando stiamo per richiudere le porte. I costruttori di ascensori, questi geni che hanno pensato bene di deliziarci con l'apertura all'interno.

Cerco di diventare un tutt'uno con la parete in modo da permettere anche a Giulio di entrare ma, al momento di chiudere le minuscole porticine, mi sento comunque sopraffatta dalla sua presenza. Tutto si può dire, tranne che usi un profumo scadente. Si dà il caso che conosca bene quello che ha addosso: è Dark Blue di Hugo Boss, fragranza demoniaca che mi crea sempre un cedimento strutturale delle ginocchia, anche quando a indossarlo è l'ultimo dei cessi. Ma Giulio Mantovani non è proprio un esemplare maschile da buttare via, e non lo sarebbe anche se non profumasse in maniera così divina, per cui il mio momentaneo malore ha assoluta ragion d'essere. A meno che uno non consideri poco attraente un uomo con spettacolari capelli castani, mossi proprio quel tanto che basta per avere un volume per cui tutte le donne del mondo sarebbero disposte a uccidere, grandi occhi color nocciola e una mascella pressoché perfetta che oggi è velata da un accenno di barba. Ed è alto, cielo se è alto… Altro mio punto debole, lo ammetto, pur essendo io solo un metro e sessantacinque e potendomi quindi accontentare sulla carta anche di esemplari più bassi. Ma non vedo proprio perché farlo! Sogno da tutta una vita di avere al mio fianco un uomo che possa sollevarmi come se nulla fosse.

Insomma, se non fosse che mia sorella ha sposato suo fratello e che lui è sempre così rigido in mia presenza da farmi sospettare che mangi scope a merenda, prenderei in seria considerazione l'idea di buttare l'amo. Ma non si può certo avere una storiella con un tizio che sarò costretta a rivedere con una certa frequenza, ora che siamo tutti una "grande e felice famiglia"…

E poi, per quanto Giulio sia indubbiamente molto attraente, ha l'aria di essere un rompiballe precisino. Non ne ho l'assoluta certezza, avendoci scambiato sì e no dieci frasi di senso compiuto, ma a naso direi che apparteniamo a fazioni opposte. Ha quell'aria da primo della classe, quello che non ti passerebbe mai il compito perché "non sta bene" e "certe cose non si fanno".

Certo, con la persona giusta potrei sempre prendere in considerazione qualcosa di più stabile di un semplice mordi e fuggi, ma è difficile che uno come lui possa rivelarsi tale: sempre che abbia dell'interesse verso di me (e lo dubito), sempre che le rispettive differenze caratteriali non si rivelino inconciliabili (e, di nuovo, ne dubito), rimane il fatto che non riuscirei mai a tollerare di dover interagire con sua madre. Escludo categoricamente che un uomo possa mai interessarmi a sufficienza da convincermi a simili azioni estreme. Mai. L'esperienza di mia sorella è un deterrente più che sufficiente e non passa occasione d'incontro in cui non mi domandi come diavolo riesca Elisa a non soffocarla a mani nude.

La signora Mantovani è con elevata probabilità la

suocera peggiore che possa capitare a una donna: è saccente, con la puzza sotto il naso nonché ipercritica. Combinazione peggiore è davvero rara. È convinta che i suoi figli siano delle divinità che non dovrebbero mai mischiarsi con delle mortali. Specialmente Giulio, il suo primogenito e "grande amore di mamma".

Mia sorella è riuscita ad accalappiare Riccardo solo perché ha giocato d'astuzia: la madre era talmente concentrata a tenere lontane le pretendenti del primogenito, che per un attimo deve aver abbassato la guardia con il secondo. Gravissimo errore. Mia sorella si è infilata nel varco incustodito sbattendo quei suoi begli occhioni verdi e facendo svolazzare un po' i suoi splendidi capelli biondi, e il poveretto non ha capito più niente. Ha perso la testa per lei tanto da chiederle di sposarlo dopo soli nove mesi dal loro primo incontro. Devo ammettere che l'anello di fidanzamento era spettacolare, per cui è ovvio che mia sorella abbia gridato sì come una che aveva appena vinto alla lotteria.

Certo, se Elisa si fosse fermata a riflettere sulle conseguenze dell'avere a che fare con una suocera simile, forse avrebbe potuto… che ne so… almeno urlare meno?

«Scusami», mi dice Giulio imbarazzato, tentando di creare un pizzico di distanza tra noi due. Ma l'impresa è ardua. Fossi in lui la smetterei di provarci e mi godrei questo contatto senza fasciarmi oltre la testa. Sono solo due corpi pressati in un ascensore.

«Non è colpa tua se le dimensioni del palazzo hanno permesso di aggiungere a posteriori solo un ascensore per pulci», commento ridendo. Sento il suo corpo rilassarsi e abbandonarsi proprio due secondi prima di arrivare al piano. Mannaggia, proprio ora che la cosa stava diventando interessante…

Altro contatto da sandwich per riuscire ad aprire le porte e poi siamo entrambi fuori dalla gabbia, sul pianerottolo dei miei. Mia madre ci attende sull'uscio. «Ah, ci sei anche tu Chiara», borbotta stupita. Vorrei ricordarle che mi ha obbligato a presentarmi al pranzo di oggi con minacce piuttosto esplicite, per cui è inutile che mostri tutta questa sorpresa. Scelgo di evitare la polemica. Almeno per il momento. Sono certa che la giornata ci offrirà ampie occasioni per discutere, come sempre.

«Sì, ci sono anch'io. Anche se la nonna si è rifiutata di aprirmi. Per ben due volte», la informo non riuscendo a nascondere una punta di risentimento.

«Lo sai com'è la nonna. Sempre diffidente. E poi, di questi tempi, non si può mai sapere chi ci si trova davanti», cerca di sminuire la cosa. «Ma non rimaniamo sulla porta. Giulio, ti prego, accomodati!». Si sposta per permettergli di entrare, lanciando a me un'occhiata piuttosto eloquente. In cuor mio spero che lui non se ne sia accorto, ma la fortuna non è molto dalla mia parte in questo periodo.

La storia è talmente banale da essere quasi pietosa: qualche mese fa sono stata una delle testimoni di nozze di mia sorella, così come Giulio lo è stato a sua volta di suo fratello Riccardo. Dopo aver firmato il registro, il fotografo ha riunito gli sposi e noi testimoni per qualche ultima foto in chiesa. E in quel momento mia madre ha avuto una vera folgorazione. No, non religiosa, purtroppo. Per quel genere di illuminazione è troppo cinica. L'ho vista scrutarmi con quel luccichio pericoloso negli occhi, testimonianza di nuove idee folli, proprio mentre ero in posa accanto a Giulio. L'ho proprio osservata mentre la sua bocca passava dall'essere rilassata al sorridere mettendo in mostra tutti i denti, quasi riuscendo a toccare con mano l'idea malsana che le era appena venuta in mente: i Mantovani si erano appena presi la sua figlia maggiore. Be', avrebbero potuto anche sobbarcarsi l'altra, per quel che la riguardava.

E non essendo mia madre una che ci va per il sottile, in questo momento mi sta facendo ogni sorta di segnale: occhiate eloquenti, sorrisi ammiccanti, mani congiunte. Mancano solo gli anelli di fumo e uno striscione di dimensione da stadio, e poi siamo al gran completo. Mia madre non ha la più pallida idea di cosa significhi essere discreti.

Il nostro ingresso comune non passa inosservato nemmeno alla madre di Giulio, che compare alle spalle della mia. È intenta a sorseggiare un bicchiere di vino bianco e si irrigidisce all'istante, vedendomi accanto al suo figliolo. A cuccia, madre-tigre.

«Chiara, *quale sorpresa…*», mi saluta la suocera di Elisa. La voce potrebbe anche apparire gentile, ma lo sguardo sarebbe in grado di trasformare in una lastra di ghiaccio anche il più caldo dei mari caraibici. È evidente che la signora Mantovani sia segretamente una grande fan di *Frozen* e che stia mirando al mio cuore.

«Signora Mantovani, sempre in splendida forma, vedo». Mi avvicino per darle uno di quegli inquietanti baci aerei che vanno di moda nella parte alta della scala sociale cittadina. Per quanto mi riguarda, o ci si bacia sul serio oppure si evita direttamente di fare il gesto. Ma la madre di Giulio e Riccardo mi fa paura – non ho problemi ad ammetterlo – per cui non mi sento di tentare la sorte e di farla arrabbiare.

Lei potrebbe anche ricambiare il mio complimento, ma a quanto pare non ha alcuna intenzione di farlo. E non posso darle torto: ho indosso dei jeans piuttosto lisi con tanto di squarcio d'ordinanza, un paio di Converse che cerco di tenere insieme con opportuni rammendi e generose dosi di colla (la battaglia non pende a mio favore, giusto per la precisione) e un maglione nero a cui sono particolarmente affezionata. Modo diplomatico per dire che non assomiglia affatto alla pubblicità della Perlana. Lo ammetto senza sensi di colpa: sono pigra e levare pelucchi a maglioni infeltriti non occupa una posizione elevata nella mia personale lista di cose strettamente necessarie. Ma a mia discolpa posso dire che reputo solo pochissime cose davvero importanti, come per esempio stendere sempre una generosa dose di crema dopo la doccia (anche se mi annoia a morte) e lavare separatamente i miei capi bianchi da quelli colorati. In realtà spero di eliminare a breve quest'ultimo punto dalla lista, perché sto testando in segreto varie modalità alternative di lavaggio multiplo. Pigra ma ingegnosa.

Il mio abbigliamento è stato notato anche da mia madre, che mi lancia uno sguardo piuttosto contrariato. Sì, mi è chiaro che sperava mi impegnassi di più nella scelta dei miei vestiti. Mi spiace per lei, ma dovrebbe iniziare a desiderare cose più realistiche.

I jeans strappati non sono il modo in cui vesto di solito, ma per il gentile pubblico riunito qui oggi ho ritenuto saggio indossare un costume di scena appropriato. L'espressione vagamente schifata della signora Mantovani, che pare aver timore anche solo di toccarmi, mi conferma che ho fatto centro. Forse avrei potuto evitare i jeans con strappo subito sotto il gluteo, ma non mi pare che Giulio sia dispiaciuto. Tutt'altro, a giudicare dalla sua espressione. Criptica, indubbiamente, ma con una generosa dose di ironia nello sguardo.

Sulla scena irrompe mia nonna, che mi scruta con quei suoi piccoli occhietti feroci. «Chiara…», sussurra sospetta, come se non fosse ancora convinta della mia presenza. Ma perché sono tutti così incredibilmente stupiti di vedermi a un pranzo di famiglia? Dove diavolo dovrei essere la domenica a mezzogiorno? A saltare con i paracadutisti fuori da un velivolo? *I'm sorry*, ma soffro di vertigini terrificanti!

«In persona. Pensa, la stessa Chiara che ti ha citofonato due volte qualche minuto fa», le ricordo sarcastica.

La mia accusa non la scalfisce nemmeno; non si mostra affatto pentita di non avermi aperto. «Non le segui le trasmissioni della D'Urso o della Venier? Dicono sempre che bisogna fare attenzione ai ladri che cercano di approfittarsi delle persone anziane!», ribatte decisa.

Sin da quando ero piccola nutrivo il forte sospetto che in gioventù mia nonna fosse stata un agente segreto. Quella non si fa fregare da nessuno. E se

mai qualche sventurato tentasse di raggirarla, credo che lo stenderebbe in due mosse. Vanna Marchi avrebbe dichiarato fallimento nel giro di una settimana, se gli anziani in circolazione fossero andati a scuola da mia nonna.

Sollevo le mani in segno di resa. Punto primo: inutile perdere tempo a discutere con la nonna, che tanto vince sempre ogni possibile discussione. Punto secondo: meglio non fare agitare ulteriormente la signora Mantovani, che già guarda con preoccupazione tutta la nostra allegra famiglia.

Le mie amiche mi accusano di avere un caratteraccio. Ma il mio è nulla in confronto a quello delle altre donne della mia famiglia. Davvero, a me è andata anche piuttosto bene nel risiko del DNA.

La signora Mantovani non perde tempo e torna a concentrarsi sull'unica persona che le sta a cuore: il suo amatissimo primogenito. «Giulio caro, come stai?», gli chiede premurosa con una voce che si alza di almeno due ottave, come capita fin troppe volte a un adulto che si rivolge a un bambino. Non mi pare ce ne siano in giro per casa, ma potrei sempre sbagliarmi.

Giulio accenna un sorriso diretto alla sua progenitrice, ma il suo corpo arretra in maniera istintiva. Pare che non sia l'unica qui dentro con qualche impercettibile problema relazionale con la propria famiglia. Certo, lui finge meglio di me, questo devo riconoscerlo.

«Tutto bene». Pare sia la sua risposta standard.

Lotto per un attimo contro l'infantile istinto di tirarlo da parte per dargli qualche piccolo suggerimento. Esistono risposte molto più fantasiose che ottengono lo stesso effetto di non svelare mai niente. Io mi reputo una vera esperta in materia, modestia a parte.

«Sei così pallido...», insiste ancora la Mantovani. Ma è una sciocchezza, perché Giulio è l'unico qui dentro che abbia davvero un colorito che non sia quello di un cadavere. Il clima milanese a novembre non aiuta molto. Non so cosa faccia per avere quella bella cera.

«Mamma...», la richiama lui all'ordine. «Non ti devi preoccupare. Sto bene. La mia solita abbronzatura tornerà nel giro di qualche settimana: dobbiamo ancora riprendere le nostre abituali gite del CAI».

Sia Giulio che Riccardo sono alpinisti/sciatori provetti, cosa che sta gettando nello sconforto mia sorella, che sta scoprendo sulla sua pelle quanto poco divertente sia l'aver sposato uno innamorato pazzo della montagna, quando si è amanti del caldo… Avrebbe dovuto fare qualche domanda in più durante quei nove mesi di fidanzamento. Ma pare che fossero presi da altre faccende, per cui si sono seduti una di fronte dall'altro per confrontare i rispettivi hobby solo dopo la cerimonia. Al momento sono ancora alla disperata ricerca di una cosa che piaccia fare a entrambi. No, "quello" non conta. Ma aiuta.

«Iniziamo proprio il prossimo fine settimana. Partiremo con qualcosa di leggero: Plateau Rosa in Valle d'Aosta», la informa. E la mammina si illumina fiera.

"Leggero" un corno. Se si *allena* su una montagna da 4000 metri, poi dove va nel pieno della forma? Sul K2?

«Anche Elisa si è iscritta al corso», mi informa Giulio, girandosi nella mia direzione.

«Elisa chi?», esclamiamo in contemporanea mia madre e io, strabuzzando gli occhi.

La signora Mantovani ci guarda spazientita. «Come, chi? Elisa!», ripete, richiamando così mia sorella, che sporge la sua testa bionda dallo stipite della sala da pranzo.

«Ti sei iscritta al CAI?», le chiedo costernata, senza nemmeno tentare di nascondere il mio immenso orrore.

Mia sorella mi lancia un'occhiata eloquente e deprimente insieme. Ok, è ufficiale: non mi sposerò mai. Non intendo correre il rischio di rimbambirmi al punto tale da farmi trascinare sul cucuzzolo di una fredda montagna innevata.

«Sì, ma parto con il corso base», mi tranquillizza. Ho capito, il suo piano è farsi bocciare… «Andrò con i ragazzini delle medie».

Scoppio a ridere mio malgrado. La cosa sarebbe pietosa se non fosse così incredibilmente spassosa. «Ti prego, non dimenticarti di farmi vedere le foto», non resisto dal prenderla in giro.

«Perché, secondo te sono matta abbastanza da autorizzare il rilascio di una sola foto di me alle prese con una montagna?», chiede sarcastica. Ma poi si addolcisce all'istante, vedendo comparire accanto a sé l'aitante neomarito, colpevole di aver suscitato in lei sufficiente amore da spingerla a tentare una pazzia simile.

Riccardo è oggettivamente un bell'uomo. Meno attraente di Giulio, ma di una bellezza molto più rassicurante, con quel suo bel visino regolare e quegli splendidi capelli che paiono essere un patrimonio di famiglia. Nell'era della genetica dovrebbero trovare un modo per duplicare il loro DNA. Altro che pillole miracolose per prevenire la caduta.

«Non capisco come mai voi ragazze non siate delle grandi sciatrici», commenta pensierosa la signora Mantovani. «La montagna è letteralmente a due passi da Milano...».

Dico, ma è seria? Basta guardarci per capire che siamo gente da mare e non da freddo e gelo.

Mia madre sgomita per intervenire. D'altronde, la conversazione non sta procedendo come se l'era immaginata: Giulio non ha affatto l'aspetto di un uomo anche solo vagamente affascinato dalla mia persona. Magari dal mio strappo sul sedere, ma non dalla mia personalità brillante.

«Elisa e Chiara *sanno* sciare. Eccome!», esclama un po' piccata mia madre.

Il suo tono energico richiama le uniche due persone che ancora mancavano a questo incontro ravvicinato del terzo tipo nell'ingresso dei miei, ovvero mio padre e il suocero di Elisa. «Cosa succede?», domanda piano mio padre, timoroso di rompere gli equilibri precari. È sopravvissuto per anni con tre donne in casa e ha imparato la lezione.

«Stavo appunto rassicurando Daniela che le nostre figlie sono perfettamente in grado di sciare!», afferma mia madre. Ma la frase è azzardata e il volto dubbioso di mio padre ne è una chiara conferma. Sì, abbiamo fatto dei corsi di sci da bambine. Ma come sapranno tutti quelli che sciano sul serio, riuscire a scendere da una montagnetta a spazzaneve e saper sciare sono due cose profondamente diverse. Non ricordo nemmeno che fossimo chissà quanto portate; avevamo giusto acquisito abbastanza dimestichezza da stare in piedi.

Mio padre è sul punto di dire qualcosa di sbagliato che lo condannerà alle ire di mia madre – me lo sento – quando la nonna annuncia con voce squillante. «È pronto! Tutti a tavola!».

Salvati dalla campana, come direbbero gli inglesi.

La disposizione della tavolata potrebbe svelare molto, a chi osasse affacciarsi sulla porta della nostra sala da pranzo: a capotavola siede regale Daniela Mantovani, la donna dalla piega perfetta che deve ritenere che sorridere sia un esercizio di stile del tutto superfluo. Accanto a lei si trovano i suoi figlioli, ovvero Giulio a destra e Riccardo a sinistra. Accanto a Riccardo siede come di diritto Elisa, mentre accanto a Giulio mia madre ha piazzato la sottoscritta. Nell'evidente speranza di aggiungermi in pianta stabile alla famiglia Mantovani.

Come no, aspetta e spera.

«Tutto bene con il lavoro?», mi chiede mia madre, passandomi i broccoli. Li odio da sempre, sarebbe carino sperare che se lo ricordasse. Faccio finta di niente, ma lei intensifica solo lo sguardo. Allora afferro la teglia e cerco di rifilarli subito a Giulio, che si è accorto del mio poco entusiasmo verso la verdura. Mi fa un mezzo sorriso e se ne serve una generosa porzione. Pure salutista. Deprimente.

Faccio segno a mia madre di passarmi le patatine fritte, ma la richiesta rimane inascoltata. Questa volta il sorriso di Giulio diventa molto più sfacciato. Lieta che almeno lui ci trovi dell'ironia.

«Tutto benissimo», le rispondo fulminandola con lo sguardo. Non mi è chiaro se mi stia ostacolando con il cibo spazzatura per amore materno oppure perché mira a farmi fare bella figura. Spererei nella prima ipotesi, ma conosco mia madre da troppo tempo per non avere alcun dubbio.

«Cosa fai di preciso?», si inserisce la signora Mantovani, che mi rivolge questa domanda tutte le volte che ci incontriamo. Non è che cambi professione una volta al mese...

«Sempre insegnante alla materna», rispondo cortese.

«Sai, non ti facevo tipo da bambini», insiste la suocera di Elisa. «Voglio dire, non bisogna essere dolci e con tanta pazienza?».

Lascio passare l'evidente offesa e mi concentro sul lato pratico della sua domanda. «Per lavorare con i bambini bisogna avere molto carattere e una spina dorsale d'acciaio. Chiunque affermi il contrario mente sapendo di mentire».

«Alla nostra Chiara il carattere non è mai mancato», si inserisce bonariamente mio padre con una risata. Ma nessuno lo segue. Mia madre ha l'espressione di chi sarebbe disposto a lanciare coltelli e forchette pur di zittirlo, se solo fosse socialmente ammesso.

E come sempre succede nella mia famiglia, quando le cose iniziano a farsi difficili, arriva la nonna a dare la mazzata finale che serviva per affossare la barca. «Cosa ne è stato di quel giovanotto che frequentavi? Come si chiama? Max?», finge di non ricordarsi. Ma i suoi occhi raccontano un'altra storia.

Tutta la tavolata pare posare le stoviglie e concentrarsi su di me, in attesa di chissà quale arguta risposta. Gli occhi di Giulio, in particolare, sono fissi sulla mia persona. Ne sento il peso e l'intensità. Il mio cuore pare accelerare contro la mia stessa volontà.

«Hmm, sì, Max. Diciamo che abbiamo scoperto di non essere poi così attratti l'una dall'altro. Molto più adatti a essere amici», cerco di spiegare. Ma un violento rossore ha tinto le mie guance e ha reso la mia frase incerta, quando invece non lo sono affatto: l'amico di Federico è un caro ragazzo, anche alquanto belloccio, ma abbiamo scoperto che tra di noi non c'è alcuna chimica o attrazione fisica. In una vita passata deve essere stato mio fratello.

«Ai miei tempi una giovane donna in età da marito non mirava di certo a farsi amici gli uomini», sentenzia la nonna. «A cosa ti serve un uomo se non per fare di lui un marito?».

La sua filosofia è ovviamente del secolo scorso, ma devo ammettere che può avere una sua validità. Ci sono giorni in cui anche a me le relazioni moderne tra uomini e donne sembrano alquanto complesse e di difficile interpretazione. «Nonna, io vivo in un'epoca dove le regole del gioco sono del tutto cambiate...», provo a troncare il suo discorso.

Ma, se possibile, questo la infiamma solo di più. «L'errore della vostra generazione è che andate a letto con tutti senza alcun ragionamento preliminare. Cara mia, anche ai miei tempi gli uomini non si sarebbero mai sposati, se le donne fossero state così svelte a darla via! Noi eravamo molto più furbe: mi vuoi nel tuo letto? Allora mi sposi prima», esordisce trionfale.

Un silenzio di tomba cala sulla tavola. Sono sicura che stanno tutti riflettendo su quale sia il modo migliore per gestire la situazione. Fare finta di non avere sentito oppure buttarla sul ridere?

Mia madre, che era intenta a versarsi della acqua nel momento della malaugurata frase, non riesce a bloccarsi in tempo e inonda tutta la sua parte di tovaglia. «Maledizione!», esclama piena di rabbia per la brutta figura. «Mamma, ma come ti salta in mente di dire qualcosa di simile?», sibila, mentre cerca di asciugare in qualche modo il disastro.

Ma la nonna non si scompone affatto. «Be', qualcuno lo doveva pur fare. Cosa vuoi, che rimanga zitella a vita?».

La signora Mantovani tossicchia per richiamare l'attenzione su di sé. «Stia tranquilla, cara signora, a quanto pare le sue nipoti sono perfettamente in grado di farsi mettere l'anello al dito», commenta osservando cupa mia sorella, che invece le sorride con graziosa innocenza.

Al mio fianco vedo Giulio trattenersi a malapena dallo scoppiare a ridere. È persino costretto a usare un tovagliolo e fingere di pulirsi la bocca per nascondere la sua ilarità. Riderei anch'io, se non fossi parte attiva della discussione.

Chissà per quale motivo un uomo oltre la trentina può benissimo essere considerato lo scapolo d'oro del villaggio mentre una donna che ancora li deve compiere deve essere per forza alla ricerca di un compagno di vita. Il senso di ingiustizia mi indigna a sufficienza da spingermi a lanciarmi in una provocazione più forte del normale, persino per me, che del prendere in giro questa gente ho fatto un'arte. «Ecco, tutte queste esperienze mi hanno fatto riflettere e credo proprio che dovrei provare una strada alternativa», svelo enigmatica.

«La religione?», si interessa con un nemmeno velato sarcasmo la signora Mantovani.

«No, più che altro pensavo di provare a uscire con qualche donna», rispondo perfettamente seria.

Mia madre, che dall'acqua era passata direttamente a bere vino, manda giù con foga un enorme sorso di rosso e scoppia a tossire con violenza. «Cosa?», esclama allarmata, occhi del tutto a palla.

Mia nonna, invece, mi fissa con l'espressione di chi non se la beve affatto. Per fortuna pare farlo la signora Mantovani, che per un attimo quasi si rilassa. Si tratta della prima volta da quando ho messo piede a casa dei miei. A saperlo che ci voleva così poco, l'avrei già dichiarato prima. «Oh, be', perché no? Oggigiorno ci sono coppie di tutti i tipi...», affermo certa, liquidando l'argomento.

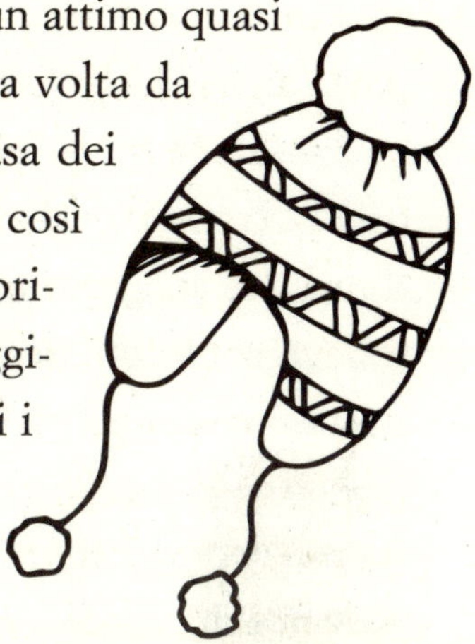

Sollevo poi lo sguardo verso Giulio, che quasi mi osserva con ammirazione per aver fregato sua madre. Per un attimo lo sento quasi mio complice. La sensazione è strana e potente, perché pur essendo un uomo poco loquace, ha un modo di comunicare che non ha bisogno delle parole.

Ancora una volta mi rendo conto che ha una fisicità disarmante. E che fa girare la testa. I suoi occhi, in particolare, dal taglio lievemente obliquo, sono una calamita per la mia persona. Sarà il caso che distolga lo sguardo per evitare che sua madre si allarmi di nuovo. Ancora qualche istante e poi lo farò...

Ok, ancora due istanti...

«Cosa fate per le vacanze di Natale?», si sta informando la signora Mantovani, quando mi libero dall'incantesimo degli occhi di Giulio. Non mi è ben chiaro a chi si stia rivolgendo.

«Elisa e io volevamo sfruttare i giorni di vacanza per una settimana bianca», afferma quasi timoroso Riccardo, che ha osato rompere il ghiaccio.

L'espressione della cara mammina non è di gioia o approvazione.

«Elisa? Te ne vai via la settimana di Natale?», si aggiunge agitata mia madre, che stava già iniziando a pianificare il menu per le feste. È nota per la sua organizzazione maniacale degli eventi.

«Ecco...», prova a prendere tempo mia sorella, che lancia un'occhiataccia al marito, colpevole di aver esposto il loro progetto. Era ovvio che lei mirasse alla fuga senza preavviso. «Riccardo ci tiene tanto...».

Una delle cose che in assoluto invidio meno alle coppie sposate è l'improvvisa necessità di accontentare non più una famiglia, bensì due. La partita mi sembra già persa in partenza. Come mi ha insegnato l'esperienza diretta di Elisa, col cavolo che uno non sposa anche la famiglia della dolce metà... Chiunque osi affermarlo deve aver scelto un orfano per marito.

«Riccardo...», esclama seccata la signora Mantovani. «Non puoi pensare di farci questo scherzetto. Il Natale è fatto per stare insieme. Potete sempre partire dopo».

Lui inizia a sudare e a ballare sulla sedia. «Ci ho provato, ma ho alcune scadenze lavorative che mi impongono di essere in ufficio già il 2 gennaio...», spiega a mio cognato.

Le due madri non mi paiono al momento molto comprensive, se è a giudicare dalle loro espressioni accigliate. La signora Daniela, in particolar modo, mi sembra sul punto di imporre il suo sommo volere, quando Giulio accorre in aiuto del fratello. «Anch'io potrei unirmi a voi. Ho in programma un viaggio di lavoro la prima settimana di gennaio e volevo proprio organizzare qualcosa prima».

È evidente chi detenga lo scettro del potere in casa Mantovani, perché sua madre cambia subito espressione. «Ma certo, ma certo... Sei sempre così impegnato. Ci mancherebbe altro. Sono ben felice che tu possa goderti qualche giorno con tuo fratello».

Mia madre, che sente sfuggire di mano la prospettiva del perfetto pranzo di Natale, inizia ad andare in iperventilazione. La sua espressione intensa diventa quasi una maschera di orrore. «Ma… ma…», prova a richiamare l'attenzione su di sé con un balbettio.

«Laura, chiudi quella bocca perché ti stanno entrando dentro un milione di mosche», la prende in giro mia nonna. A vedere loro due inizio a capire il motivo del mio tormentato rapporto con mia madre. «Non c'è bisogno di agitarsi. Organizzatevi e andatevene in montagna tutti quanti», suggerisce in modo piuttosto razionale.

Mi colpisce che l'unica ad averci pensato sia una donna di oltre ottant'anni.

Gli occhi chiari di mia madre si illuminano come due fari nella notte. «Andarcene tutti insieme in montagna per Natale?», prova a valutare l'idea, sondandone la validità mentre lo ripete ad alta voce.

La signora Mantovani non mi sembra del tutto contraria all'idea, mi permetto di azzardare, osservando il suo volto concentrato. «Potrebbe essere davvero una soluzione», sussurra, di certo meravigliata che l'idea geniale non sia venuta in mente a lei.

«L'idea non è malaccio. Ma così ci tocca lasciarti a Milano, mamma. Il dottore sconsiglia certe altitudini alla tua età per via della circolazione difficoltosa», ricorda mia madre a mia nonna.

Che non si scompone affatto, va da sé. «E che sarà mai... Ho la mia badante. Faremo un perfetto pranzo natalizio moldavo», sminuisce la questione, magnanima.

«Ma non sono ortodossi in Moldavia?», mi viene da chiedere prima di riuscire a mordermi la lingua.

Mia madre mi lancia uno sguardo di chiaro avvertimento. Non sono pazza a sufficienza da ignorarlo.

«Come non detto. I moldavi sono i re dei pranzi dei Natale...», borbotto abbassando la testa.

«Quindi, direi che abbiamo trovato un accordo. Cosa ne dite di affittare una casa grande abbastanza per tutti noi a Corvara? Elisa e io eravamo giusto intenzionati a trovare qualcosa da quelle parti», chiede Riccardo.

«Perché Corvara?», domando. La faccia di mio padre mi dice che anche lui si stava chiedendo il motivo, ma non osava aprire bocca. È però felice che io mi sia sacrificata.

La signora Mantovani mi lancia un'occhiata di compatimento. «È un posto davvero molto in voga», ci tiene a farmi sapere.

«Più che altro, le Dolomiti sono le montagne regine, se uno è davvero amante dello sci», aggiunge Giulio. In tutta sincerità, la sua motivazione mi pare già più sensata. «C'è un famoso giro delle cime che si chiama Sellaronda e che tutti gli sciatori sognano di fare prima o poi nella vita».

Non so lui, ma io ho altri sogni che non riguardano certo montagne innevate. Più che altro spiagge bianche e mare a trenta gradi. Ma, se lo dice con quel tono vagamente roco, potrei anche simpatizzare per la causa.

«Ti unisci a noi?», mi chiede poi incatenandomi con quel suo sguardo. Razionalmente sono ben cosciente che abbia gli occhi di sua madre. Ma su di lui sono tutt'altra cosa…

Cerco di rinvenire dal mio stato semicomatoso, visto che ho appena dichiarato di essere potenzialmente lesbica a un'intera tavolata di persone. «Eh?», chiedo in modo dubbio.

«Ma certo che viene anche lei!», mi batte sul

tempo mia madre, che non ha ancora perso le speranze. Donna mastino.

«Ottimo», commenta Giulio con un sorriso. «Spero che sarai dei nostri durante il Sellaronda».

Sbatto gli occhi, cercando un modo delicato per spiegargli che ho poche certezze nella vita, ma quelle poche non mi vedono sul cucuzzolo di una montagna. Figurarsi di molte montagne, in un giorno solo.

«Vedremo...», rispondo vaga, cercando di darmi un tono. E non riuscendoci affatto a giudicare dalla sua espressione ironica.

«Ricapitolando, ci serve una casa con cinque camere da letto», ragiona. «Meglio che mi sbrighi a prenotare, allora».

Se proprio dovesse trovarne anche una con "solo" quattro camere, sono pronta a immolarmi per la causa, mi viene da pensare. Ma il ragionamento si dissolve come neve al sole, quando mi rendo conto che uno come Giulio Mantovani è difficilmente single. Di certo verrà accompagnato da qualche sventola, che dovrà prima passare il check point della cara mammina. Una cosa è certa: ci sarà da ridere.

«Sarà uno splendido Natale!», esclama felice mia

madre, che non solo ha recuperato una respirazione normale, ma ora appare addirittura trionfale.

«Mah…», esclamo a bassa voce, nella speranza di non farmi udire da nessuno. Ma il sorriso criptico di Giulio mi suggerisce che forse deve aver captato qualcosa. Non gli sfugge mai niente, eh?

Capitolo 3

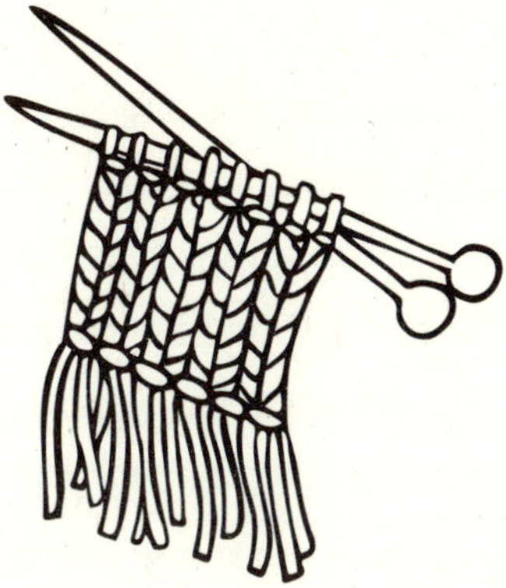

Il venerdì sera seguente Sveva, Silvia e io siamo riunite per il solito aperitivo di inizio weekend, sosta obbligatoria per lagnarci un po' della nostra settimana di lavoro e dei rispettivi problemi. Non è che parlarne aiuti a risolverli, ma trovo che la condivisione se non altro li renda più sopportabili.

«Allora, chi inizia questo giro di piagnistei?», chiede Silvia, sollevando un Martini rosato.

«Io! Io!», esclamo con veemenza, anche perché sono l'unica che al momento ha qualcosa di cui lamentarsi davvero.

«E di cosa avresti da lamentarti?», mi punzecchia Sveva, bicchiere di vino bianco in mano.

«Mi ha telefonato mia madre per informarmi che i Mantovani hanno trovato la perfetta casa per le vacanze di Natale», borbotto cupa.

«Sei l'unica persona al mondo che si lamenta al pensiero di sciare per le vacanze», mi fa notare Silvia.

«Forse perché sono anche l'unica che a malapena sa stare sugli sci?», ipotizzo ironica.

«Sciocchezze, tutti sanno sciare...», afferma lei convinta.

«Adesso mi dirai che è come andare in bicicletta».

«No, chiaro che no. Ma se hai fatto dei corsi da ragazzina, come affermi, vedrai che non avrai problemi».

«Sai, Silvia, su questo potrei avere da ridire», accorre in mio soccorso Sveva. «Sciare per alcuni è molto naturale, per altri non lo è affatto».

«In primis ho dei seri problemi con il freddo», ci tengo a ricordare a entrambe.

«E trovati qualcuno da portare in montagna. Qualche bel fusto che sia capace di scaldarti», mi prende in giro Sveva. «Attiri gli uomini come il miele l'orso Yoghi».

«Il problema non è trovare qualcuno di aspetto decente, ma che superi anche la prova-cervello», le ricordo.

«Sarebbe a dire?», mi chiede Silvia.

«Avete notato che gli uomini che hanno superato la trentina o sono belli oppure hanno cervello? Pare che ci sia stato uno sdoppiamento e che quelli di aspetto gradevole non siano in grado di pronunciare più di tre frasi di senso compiuto», mi lamento, afferrando il mio drink non molto da aperitivo. Se non altro un Long Island ha abbastanza alcol per farmi dimenticare i miei problemi.

«Sciocchezze, in giro si trovano ancora esemplari validi. Basta guardare cosa è successo a me», mi ricorda Sveva.

Ma lei non conta, perché è nata con la camicia. Io invece con la sfiga cucita addosso.

«In ogni caso, il mio malumore non deriva solo dalla località, ma anche dalla compagnia. Vi rendete conto che sarò costretta a subirmi i miei e i Mantovani per una settimana?»

«Tua sorella non aveva un cognato figo?», si ricorda Silvia.

«Troppo figo», commento cupa. «Giulio Mantovani è totalmente off-limits».

«In che senso?», si interessa ancora Silvia.

«C'è figo e figo. Quelli troppo fighi, e pure coscienti di esserlo, se la tirano peggio che una modella di Victoria's Secrets. E poi è pure enigmatico.

Non mi è assolutamente chiaro cosa gli passi per la testa. Non è uno di quelli che puoi manovrare a tuo piacimento».

«Perché, miravi a uno di quelli?», ride Sveva.

«Non miravo a niente, davvero. Sono in pausa per un po'. Ai miei ho pure detto di sospettare di essere lesbica...», ammetto abbassando la testa.

Entrambe le mie amiche scoppiano in una fragorosa risata che richiama l'attenzione su di noi. Il posto è pieno di uomini carini, forse per la fine della serata riesco persino a lasciare a qualcuno il mio numero.

«Cielo, ma chi potrebbe mai crederti?», continua a ridere Sveva.

«La signora Mantovani lo ha ritenuto del tutto plausibile».

«Senza offesa, ma la suocera di tua sorella è completamente pazza da quello che ci hai raccontato su di lei», conferma pure Silvia.

«In ogni caso, non voglio scatenare altre tensioni a Natale. Voglio solo evitare di farmi notare, convincere in qualche modo mia madre che Giulio non mi chiederà mai in moglie e uscirne in modo dignitoso. Non chiedo poi molto, no?».

Sveva mi osserva dubbiosa. «Ancora con questa storia che ti vuole rifilare al primo che passa?».

A onor del vero Giulio non è esattamente "il primo che passava per strada in quel momento", ma ammetterlo non aiuterebbe la mia causa. «Ho una madre senza cuore...», fingo di lamentarmi.

«Adesso non ci pensare, tanto a Natale manca ancora qualche settimana. Concentrati invece sul presente. Se ti volti, in fondo alla sala c'è una tavolata di uomini e un tizio moro che non ha smesso di fissarti nemmeno per un secondo. È molto ma molto figo, per tornare sull'argomento...», mi sussurra Sveva a bassa voce, per non farsi scoprire.

All'improvviso mi sento quasi animata di nuova speranza. «Come faccio a dargli un'occhiata se non mi volto?»

«Vai al bar e ordina un altro drink», mi suggerisce Silvia.

E così faccio, anche perché del mio è rimasto ormai ben poco. Mi avvicino al bancone e ordino un Sex on the Beach, intenzionata a sfruttare il tempo dell'attesa per dare un'occhiata al tavolo indicato dalle mie amiche, quando sento dietro le mie spalle una profonda risata.

«Drink pesante per un aperitivo», mi punzecchia la voce di Giulio.

E lui da dove diavolo è sbucato?

Sbatto le ciglia per prendere tempo e metabolizzare il fatto che in giacca e cravatta sia assolutamente divino. Servono anche lui per l'aperitivo in questo posto? «Sì, be', settimana pesante», gli rispondo a tono. «Mi serviva qualcosa di forte per pareggiare i conti».

«Con la vita?», mi sorride in maniera quasi deliberatamente sexy.

Io rimango sorpresa, perché pur avendolo incontrato in varie occasioni, non mi era mai apparso tale prima d'ora. Forse è il fatto di non essere in compagnia dei nostri familiari per la prima volta nella storia.

«Anche», rispondo mentre recupero il bicchiere che mi viene porto dal barista.

«Ti accompagno», mi dice mentre mi segue in direzione del tavolo. Il gesto è carino, anche perché non necessario.

«Buonasera». Giulio saluta le mie amiche, che

pur essendo quasi sposate o almeno impegnate, subiscono il fascino di un bell'uomo.

«Ciao», lo saluta Silvia con occhi sognanti.

«Oh sì, ciao», le fa eco Sveva.

«Ragazze, vi presento Giulio Mantovani, il cognato di mia sorella. Giulio, queste sono le mie amiche, Sveva e Silvia», tento di riportarle all'ordine.

La frase ottiene l'effetto sperato, perché negli occhi di entrambe passa come un lampo. Sveva cerca di comunicarmi qualcosa con lo sguardo, ma io la ignoro.

«Così sembra una presentazione quasi troppo formale», ride lui. Bella risata, ma non avevo alcun dubbio al riguardo. In questo momento ogni donna presente nel locale sarebbe pronta a uccidere per essere al centro della sua attenzione.

«Be', ormai siamo quasi come una famiglia», mi permetto di ricordargli.

Lui mi osserva con una curiosa luce negli occhi. Sempre maledettamente magnetici e alquanto enigmatici. «Due famiglie impegnative da unire».

Caspita, eccome. «Oh sì...», concordo subito. «Ma noi siamo solo parzialmente coinvolti. Per quanto mi riguarda, sono problemi di Elisa e di Riccardo».

«La maggior parte del tempo. A Natale saranno anche nostri», mi ricorda con un sorriso.

Dovrebbe smettere di sorridere, dico davvero. Non riesco a riflettere molto bene se insiste con questo suo modo di fare. La parola "nostro" all'improvviso si rivela molto potente.

«Oh, sono sicura che sopravviveremo. In un modo o nell'altro…», balbetto cercando di darmi un tono che non ho.

«Sarà di certo un Natale diverso dal solito», commenta poi. «Be', signore, è stato un piacere ma ora mi tocca lasciarvi perché i miei amici hanno programmi impegnativi per la serata. Ci vediamo presto, Chiara», mi saluta e mi fa l'occhiolino prima di andarsene.

Sveva attende che si sia allontanato, prima di esclamare. «Oh porca vacca!». Frase molto azzeccata.

«Cavolo, è davvero notevole», ci si mette pure Silvia.

«E non è solo attraente, è pure sensuale. Maledettamente sexy», rincara la dose Sveva. «In ogni caso, era proprio lui il tizio che non ti toglieva gli occhi di dosso prima».

«Chi? Giulio?», domando sorpresa.

«Oh sì. Ma a vederlo da vicino trovo che abbia una bellezza un tantino letale. Se Riccardo gli somiglia, tua sorella non è stata certo scema a sposarlo…».

«Riccardo ha una bellezza molto più rassicurante. Quello che gli passa per la testa è sempre chiaro nel suo sguardo. Giulio, d'altra parte…».

«Ha un bel culo», afferma Silvia con nonchalance, mentre lo osserva uscire dal locale.

Le do una gomitata. «Eh, ma cosa ho detto?», si lamenta dolorante.

«Vi chiedo un po' di collaborazione! Siate dalla mia parte. Tra pochissime settimane sarò segregata in casa con lui e le nostre famiglie. È in assoluto la cosa meno sexy del mondo!».

«Se fate sesso vi conviene farlo a bassa voce», ride Sveva.

Alzo gli occhi al cielo. «Ma che sesso e sesso! Sarà un Natale noioso e pieno di tensioni familiari», tento di farle ragionare.

Ma l'effetto di Giulio non è così semplice da dimenticare.

«Puoi sempre dire di aver sbagliato stanza…»,

afferma seria Silvia. «Io, fossi al tuo posto, lo farei».

Sospiro prima di portare il bicchiere alla bocca. E poi dicono che le amiche servono a qualcosa…

Capitolo 4

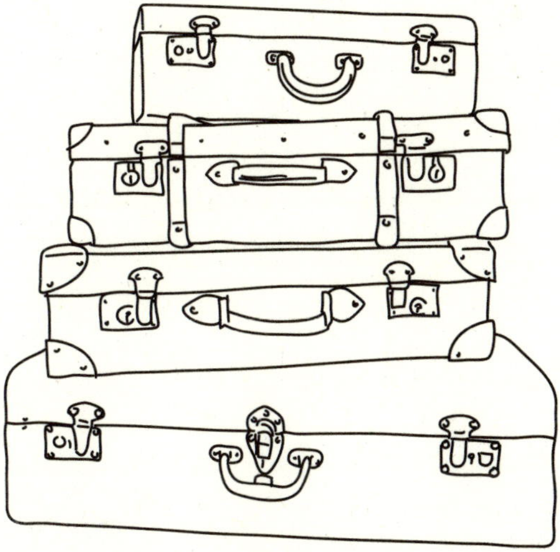

Richiudo la pesante sacca tirando la zip con tutte le mie forze. L'abbigliamento invernale occupa un mucchio di spazio e non rende molto aggraziate.

Il mio entusiasmo non è mai massimo in questi mesi dell'anno; il freddo e le giornate corte non fanno per me.

«Quando passano i tuoi?», mi domanda Sveva, che mi scruta con occhi critici mentre lotto per sollevare la sacca. Cento tonnellate di vestiti e trucchi. Meno male che non devo salire su un aereo e che non ho limiti di peso.

«Veramente dovevano già essere qui...», le rispondo osservando l'orologio. In quel preciso istante il nostro citofono si anima e Sveva si allontana per rispondere.

Quando torna in sala il suo volto è tutto un sorriso. «Giulio ti aspetta di sotto».

La mia mascella cade fino a toccare terra con un tonfo. «Chi?»

«Giulio Mantovani. È venuto a prenderti», cinguetta felice la mia amica.

«E cosa ne è stato dei miei?», domando a me stessa ad alta voce.

Questo ha tutta l'aria di essere un trabocchetto di mia madre. È capace di questo e altri incantesimi, quando è davvero motivata.

Afferro il mio telefono e la chiamo per conferma. «Ciao mamma. Senti, non dovevate darmi un passaggio voi?», le chiedo diretta.

«Noi siamo appena arrivati a Corvara», la sento rispondere. «Per inciso, qui è pieno di neve», si lamenta come se fosse una cosa del tutto fuori da ogni logica previsione. Dove pensava di andare, alle Maldive?

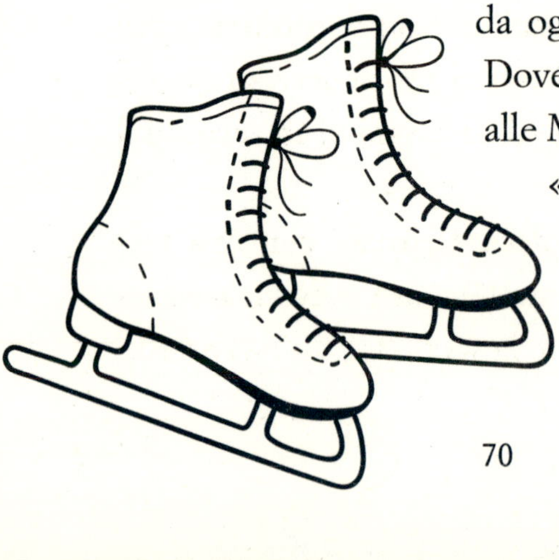

«Sì, be', c'era da aspettarselo. Sono le Dolomiti a dicembre», le ricordo con una punta di sarcasmo. «Ma torniamo a noi per un attimo: cosa ci fa Giulio sotto casa mia?»

«Ti dà un passaggio?», mi risponde imperturbabile.

«Mamma...», la riprendo.

«Senti, non è stata una cosa organizzata da me. Si è offerto lui», mi liquida in tutta fretta. E dal tono serio con cui lo dice, sarei quasi tentata di crederle. Se non fosse che mia madre è capace di questo e altre cose ben peggiori...

«Se vengo a scoprire che sei stata tu...», la minaccio, ma non riesco a concludere la frase, perché la sento inveire contro mio padre, colpevole di aver parcheggiato la macchina su una lastra di ghiaccio e di averla fatta scivolare. A qualche metro di distanza mio padre le sta gridando che il ghiaccio è ovunque e che non aveva altra scelta.

«Senti Chiara, noi qui abbiamo problemi più urgenti. Muoviti a portare il tuo sedere su questa maledetta montagna», sibila prima di attaccarmi il telefono in faccia.

«È sempre un tale piacere parlare con mia madre...», commento ironica, mentre Sveva si avvicina per aiutarmi a trascinare la sacca fino all'ascensore.

«Lasciala perdere. E piuttosto divertiti. Mi raccomando, non urlate troppo visto che tua madre sarà nella stanza accanto», ridacchia mentre mi bacia e mi saluta. Quando si dice allusione velata.

«Ci sentiamo, cara. Buon Natale», rispondo ignorandola e salutandola con un bacio prima di andarmene.

Giulio mi attende davanti al portone.

«Ciao», mi saluta, togliendosi i suoi occhiali da sole alla moda. Indossa dei jeans scuri e una giacca invernale dall'aria piuttosto costosa. «I tuoi sci?», mi chiede con un certo interesse.

«Li affitterò in montagna», mento, perché è mia ferrea intenzione non mettere piede su una pista da sci. A meno che non si tratti di prendere il sole.

«Sei una che vuole sempre l'attrezzatura migliore», commenta mentre carica il mio borsone e attende che mi accomodi in macchina. Dietro di noi i sedili sono stati abbassati per far posto ai suoi sci fiammanti.

«Più che altro sono una che non ha l'attrezzatura», gli rispondo sincera. Non vedo perché mentire. Non sono mica mia madre.

Lui ride mentre si rimette gli occhiali da sole. «Secondo Elisa siete perfettamente in grado di sciare. *Entrambe*».

«Elisa beve. Oppure si droga. Questo mi pare ovvio».

«Di già? E io che pensavo che la disperazione partisse solo dopo il primo anniversario di matrimonio…», ridacchia mentre si immette nel traffico. Sotto le feste a Milano regna una specie di frenesia senza senso per cui sono sempre tutti in macchina, anche se non hanno una meta. Congestionare il traffico pare essere un passatempo socialmente accettato dai più.

«Tutto dipende dalla suocera che uno si ritrova», non resisto dal commentare.

«*Touché*», ride divertito. «Mia madre sa essere un osso duro».

Eufemismo del secolo…

«La domanda piuttosto è, c'è mai un momento in cui è un tessuto più spugnoso e malleabile?»

Lui pare rifletterci. «Quando dorme?», prova a ipotizzare e si volta verso di me. Sempre Dark Blue di Hugo Boss. Sempre incredibilmente potente su di lui.

Espressione inebetita di Chiara, ti scongiuro di

attendere ancora un po' prima di prendere il sopravvento definitivo.

«In ogni caso, mi pare siano molto felici», mi sforzo di tornare sul sentiero del politicamente corretto.

«Lo spero bene, visto che sono novelli sposi. Senza contare che gli ho magnanimamente ceduto la pietra più grande, in teoria riservata al primogenito, quando si è trattato di far fare l'anello di fidanzamento. C'è da sperare che alla mia futura sposa non importi molto dell'anello e che sia invece più concentrata su di me».

Notizia interessante, da diversi punti di vista. «La pietra è davvero notevole. È stato un bel gesto da parte tua».

«Riccardo è davvero innamorato. Voleva fare colpo», ammette tornando serio.

«Anche Elisa lo è davvero. Sono certa che avrebbe sposato tuo fratello anche con uno zircone al dito», mi sento in dovere di specificare. In fin dei conti, è la pura verità. Un bell'anello piace a tutte, ma non diciamo di sì per quello. Sono solo leggende metropolitane. O almeno, il più delle volte...

«Lo so», mi tranquillizza con un sorriso.

«Certo, a pensarci bene, forse avresti dovuto tenerti la pietra destinata alla tua futura sposa. Voglio dire, col fatto che sei il cocco della mamma, avrai molto da far digerire alla poveretta...», lo punzecchio, tornando a scherzare.

Al semaforo lui si volta verso di me, si solleva gli occhiali sulla testa e mi osserva con un sorrisetto malizioso. «Vorrà dire che la ricompenserò in altro modo». Più che essere un'allusione, pare una promessa molto interessante.

Per un secondo mi dimentico persino di respirare. Quando vuole, sa essere incredibilmente intenso. È ovvio che non ho problemi a credergli e che non avrà affatto bisogno di un grosso anello.

La mia idea iniziale torna prepotente a farsi strada nella mia mente: quest'uomo è delizioso. Possibile che non possa esistere un modo per fare un giro sulla giostra? Anche solo per qualche ora?

«Elisa è talmente rapita da tuo fratello da essersi illusa riguardo alle nostre discutibili capacità sciistiche. L'amore fa questo effetto, qualche volta. Crea allucinazioni...», torno su un terreno più sicuro.

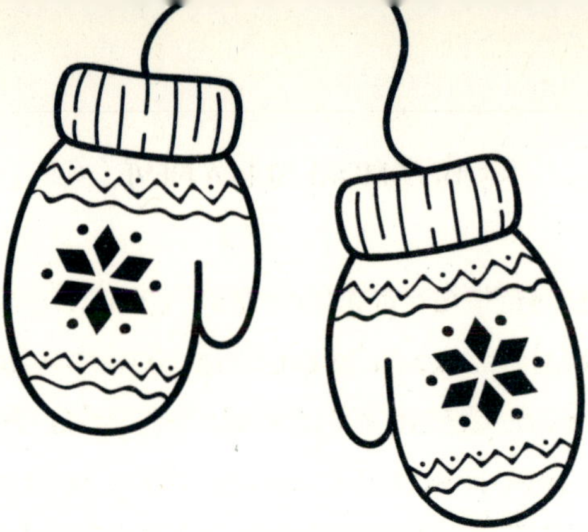

«Ti ricordo che sta frequentando un corso in questi giorni».

«Con dei ragazzini», preciso.

«Quelli sono i migliori. Alla loro età ero un fenomeno».

«Mentre adesso non lo sei più?», rido.

«Con qualche acciacco in più. Con un ginocchio che spesso mi fa male», ammette.

«Guarda, se anche tu sciassi con una gamba sola, io non sarei comunque al tuo livello. Consolati, l'età e il ginocchio non saranno un problema».

«Vedrai che non lo sarà nemmeno il tuo livello sciistico», commenta mentre ci immettiamo sull'autostrada.

Vorrei avere la sua sicurezza. O almeno, l'incoscienza di potermi illudere. Ma, ahimè, dietro a questa facciata spesso dissacrante si nasconde una tremenda realista.

Quando arriviamo a Corvara, qualche ora dopo, la meravigliosa casa scelta dai Mantovani per le vacanze pare già un campo di battaglia. Nel senso che è in pieno atto la guerra tra mia madre e la suocera di Elisa, per quello che è evidentemente il vero scettro di potere: il predominio della cucina.

«Questa sera pensavo di fare della pasta con un sugo di gorgonzola», sta proponendo mia madre nel momento in cui mettiamo piede nell'atrio. Pessimo momento, a quanto pare.

«Ma Giulio non digerisce latticini la sera!», esclama la signora Mantovani, punta sul vivo.

Mi volto verso di lui e vedo il suo volto solcato da un sorrisetto ironico. Ok, è evidente che è la signora Mantovani ad avere problemi con i latticini.

In ogni caso, va bene l'alta montagna e il freddo, ma anche per me il gorgonzola non è esattamente la prima scelta in fatto di cibo capace di conciliare il sonno. Di questo passo per colazione ci serviranno topi morti e sassi.

«Mamma, forse potremmo trovare qualcosa di più leggero», provo a inserirmi nella discussione.

«Oh, ben arrivata, Chiara», mi saluta fredda, non

molto felice di essere stata criticata. «Hai già sistemato le tue cose in camera?». È il suo modo nemmeno troppo implicito di farmi capire che mi devo fare gli affari miei.

«Non ancora», ammetto. «Dove mi devo sistemare?»

«Per te abbiamo pensato alla stanza con il letto singolo», borbotta e mi indica le scale che portano di sopra.

«Essendo tu single», rincara la dose la suocera di Elisa. Se ne sentiva proprio la mancanza.

Mi pare di capire che anche Giulio si sia presentato qui da solo, ma a lui lo stato di single non viene fatto notare con così poca grazia.

«Per te, Giulio, la camera matrimoniale al piano di sopra, accanto a quella di Riccardo ed Elisa».

Come volevasi dimostrare...

Sollevo il mio pesante borsone da terra, intenzionata a iniziare la salita, quando sento che qualcuno lo ha afferrato da dietro, alleggerendo quasi del tutto il mio peso. Mi volto e mi trovo occhi negli occhi con Giulio, che mi sorride. Di questo passo diventerà la mia persona preferita in questa casa. Non che abbia chissà quale concorrenza, sia chiaro.

Raggiungiamo l'ultima camera in fondo al corridoio, che si rivela piccola e angusta come da previsioni. Il letto singolo è di legno e coperto con una trapunta dal grazioso motivo tirolese. L'armadio è in tema, ma sospetto che una volta aperto lasci molto poco spazio per muoversi. Poco male, l'importante è avere un posto dove potermi nascondere all'occorrenza.

Giulio osserva la stanza senza essere granché convinto. «Vuoi prendere la mia camera?», si offre prontamente.

È ufficiale, amo il modo di fare di quest'uomo.

«Grazie, ma non c'è alcun bisogno. Starò benissimo qui dentro. Quest'estate ho dormito in una tenda termica con altre due persone. Cosa vuoi che sia questa camera in miniatura…».

«Hmm, vacanza interessante», commenta ridendo.

«Puoi dirlo. Specie quando la tenda ha preso il volo. A me succedono cose che gli altri esseri umani tendono a giudicare inverosimili».

Giulio scoppia a ridere, è più forte di lui. «Sei una donna interessante, questo lo devo ammettere».

«Il che equivale a dire che sono una pazza completa».

«Non attribuire alle mie parole significati che non hanno, Chiara. Accetta un complimento, quando ne senti uno», torna serio.

«Io e i complimenti abbiamo un passato tormentato», mi trovo a confessargli.

«Sarà il caso di cambiare il presente, allora», afferma convinto.

Scrollo le spalle. «Dai, vediamo invece la tua camera», gli propongo. La sua espressione lascia intendere che è ben cosciente che si tratta di un modo per cambiare argomento, ma graziosamente fa finta di niente.

Qualche metro più avanti c'è ad attenderlo una splendida camera con tanto di letto matrimoniale e vista spettacolare sulle montagne.

«Wow», commento ammirata.

«Sei ancora in tempo per cambiare idea riguardo alla stanza...», mi tenta.

«Figurati. E poi chi le sente le due arpie belligeranti. Tieniti pure la camera più grande, non mi sento abbastanza coraggiosa da sfidare il giudizio pubblico».

Lui non può fare a meno di ridere. «E pensare che ti facevo una donna senza timori...».

«Tendo a dare quell'impressione. Non sei il primo che me lo fa notare», mi tocca ammettere. Le mie amiche me lo ripetono sempre.

In quel momento Elisa e Riccardo entrano in camera.

«Benarrivati», ci saluta mio cognato. «Bella camera», commenta pure lui.

«Se la volete voi...», si offre di nuovo.

«Per carità», rifiuta in fretta Elisa. «Tua madre mi odia già a sufficienza».

«La mamma non ti odia...», cerca di rassicurarla il marito.

Io lo fisso dubbiosa. Se intende mentire, tanto vale farlo bene. Persino Giulio solleva un sopracciglio manifestando tutto il suo dubbio.

«E in ogni caso al momento è troppo occupata a battagliare sul menu della cena», liquida la questione.

«Non si sono ancora messe d'accordo?», domando stupita.

«Sono ancora al primo», alza gli occhi al cielo mia sorella.

«Ottimo...», scuoto la testa.

«Sentite, cosa ne dite di sfruttare il momento per toglierci di torno e far fare le lamine agli sci?», propone Riccardo.

La sua idea sarebbe buona, se io avessi degli sci. E sapessi in che cosa consista quel suo "fare le lamine".

«Sì, andiamo in paese. Anche perché Chiara deve ancora affittarne un paio», gli risponde Giulio, afferrando la giacca.

Ma anche no... «Ragazzi, ora che siamo qui solo noi, direi che è venuto il momento di chiarire alcune cosette: io non ho la minima intenzione di sciare durante questa settimana».

Elisa mi fulmina con lo sguardo. «Non puoi mollarmi da sola con questi due!».

«La condivisione delle sofferenze tra sorelle ha dei limiti. E lo sci è uno di quelli», mi tocca informarla.

«Ah no! Se dobbiamo scendere da una maledetta montagna, lo dobbiamo fare insieme», insiste lei. Non mi è chiaro perché si stia impuntando in questo modo. Spera di fare bella figura con il marito mostrandogli quanto di peggio c'è in giro?

«Chiara, guarda che sciare è divertentissimo», ci si mette pure Riccardo.

Ma certo, più o meno come andare dal dentista. Un vero party. «Se sai sciare...».

«Ma per scendere basta andare a spazzaneve», insiste Elisa.

Si dà il caso che abbia dei ricordi terrificanti dello spazzaneve, che decenni interi trascorsi da allora non sono riusciti a far sbiadire. «Non credo proprio...», borbotto.

«Ma se non provi, non lo saprai mai». Qualsiasi cosa io dica, Elisa avrà sempre da replicare. E, in ogni caso, sono tre contro uno.

Sospiro nel momento in cui mi rendo conto che tanto vale fare lo sforzo di affittare questi maledetti sci. Anche perché, tra l'averli a disposizione e il ritrovarmeli ai piedi, c'è uno step finale non da poco che mi rassicura. «E va bene, andiamo a prenderli. Ma mi riservo il sacrosanto diritto di non sciare in qualsiasi momento, sia chiaro», cedo.

«Ma certo, ma certo...», mormora Elisa con un

tono accondiscendente che io uso con i bambini. E neppure loro ci cascano a tre anni di vita. Un motivo ci sarà, no?

Capitolo 5

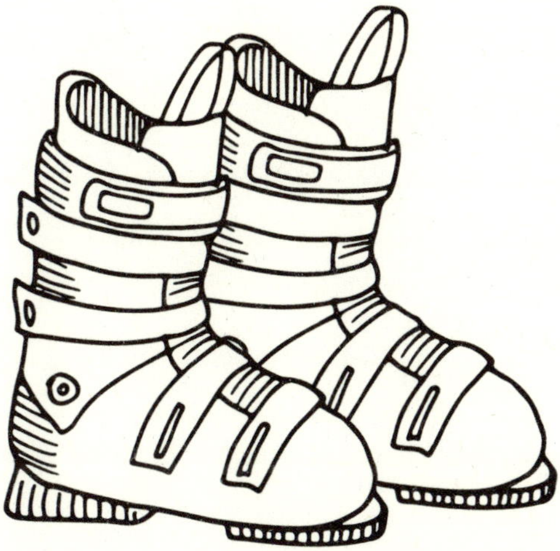

«La mia amica desidera affittare un paio di sci e degli scarponi per una settimana», spiega Giulio al commesso del negozio.

«Livello sciistico? Così possiamo trovare gli sci più adatti», si informa quest'ultimo con estrema serietà. Dico io, cosa vuoi che importi? Sono solo degli sci!

«Principiante», preciso comunque in fretta. «*Estremamente* principiante».

Il tizio mi osserva dubbioso e si allontana un attimo.

«Ricky e io pensavamo di iniziare domani stesso con il Sellaronda», mi informa Giulio mentre aspettiamo, appoggiato in piedi accanto a me sul bancone. Riccardo ed Elisa sono persi a osservare la mappa delle piste subito dietro di noi.

Mi giro nella sua direzione e osservo il modo in cui i suoi occhi cambiano colore a seconda della luce che li colpisce. Un attimo sono castani e quello dopo uno strano verde bosco.

«Ma io nemmeno so cosa sia davvero il Sellaronda».

Lui apre bocca per rispondermi ma lo blocco subito con la mano.

«E no, non mi interessa saperlo! Anzi, ho come il sospetto che sia fondamentale che io continui a ignorarlo».

Giulio ride mentre mi osserva a sua volta. «Poca gente riesce a divertirmi come fai tu».

Qualcosa mi dice che sia un complimento non da poco. «Hai detto bene: all'apparenza. In realtà il mio sarcasmo è tutto studiato a tavolino e frutto di anni e anni di allenamento».

«No, non ci credo. Tu sei nata così...», insiste lui.

«Conosci la mia famiglia. Non vedo di cosa ti stupisci».

«Già. Poi una finisce per dire di essere lesbica. Magari per mera provocazione», mi ricorda l'episodio.

Caspiterina, è vero! Avevo del tutto rimosso la

balla. «E invece magari è vero», cerco di darmi un tono.

Lui mi scruta con attenzione. «Non so, ma per qualche strana ragione a me sembri la donna meno lesbica del pianeta…», mi prende in giro.

Ok, basta con le balle. «Perché è ovvio che non lo sono. Ma tua madre se l'è bevuta. E in ogni caso, sono in un periodo sabbatico. Basta uomini».

«Nel senso che ce ne sono stati troppi?», ride.

«Nel senso che non se ne trova uno decente nemmeno a cercarlo con il lanternino. Per esempio, dove diavolo è finita l'autoironia negli uomini di oggi? Uno fa una battuta e loro si offendono per un mese. Non ho bisogno di uscire con gente simile. A me serve qualcuno al mio livello», gli spiego con notevole veemenza. Si vede che avevo dei pensieri a cui non avevo osato dar voce prima d'ora.

«Il tuo livello è oggettivamente alto», mi risponde lui con un tono serio.

«Sai, non sono certa di capirti…», provo a prendere tempo.

Lui mi rivolge quel sorriso enigmatico, suo marchio di fabbrica. «E io che pensavo di essere piuttosto trasparente nelle mie intenzioni».

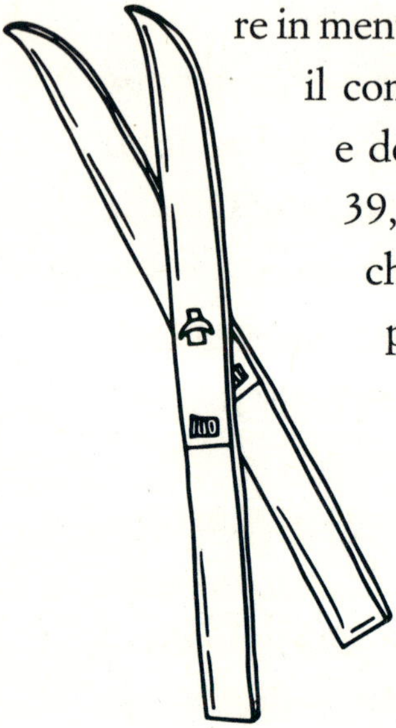

Prima che io possa anche solo farmi venire in mente una risposta abbastanza arguta, il commesso torna con un paio di sci e degli scarponi numero 41. Avrei il 39, ma se calcolo le due paia di calze che reputo strettamente necessarie per sopravvivere al freddo, ecco che si arriva al magico scarpone da fatina.

«Per principianti», mi prende in giro il ragazzo. «Buona sciata», ci saluta poi.

Buona sciata un corno, penso mentre lascio che Giulio si carichi gli sci in spalla. Mi piace pensarmi a favore di un femminismo intelligente: non vedo perché non sfruttare la prestanza fisica degli altri, se proprio insistono.

Rientriamo appena in tempo per la cena, che prevede la doppia opzione pasta al pomodoro-pasta al gorgonzola. Scegliere implica sposare uno schieramento politico. Mi pare di capire che sia atteso e gradito l'appoggio alla propria famiglia. I tradimenti non sono ben accetti. Pena, morte certa per colpo inferto con il forchettone degli spaghetti.

E io sceglierei anche la fedeltà, se non fosse che il gorgonzola davvero non lo digerisco. Faccio di quegli incubi da eccesso di latticini ammuffiti che quasi mi vergogno a raccontare.

Osservo con desiderio la teglia con la pasta al pomodoro, mentre mia madre mi lancia uno sguardo di avvertimento. Aiuto…

«Per me entrambe», se ne esce Giulio prima che io possa sacrificarmi.

Lo osservo meravigliata. Trovata geniale! Non è da me arrivare seconda nelle pensate furbe.

«Anch'io!», gli faccio eco entusiasta.

La signora Mantovani e mia madre ci servono con vivo disappunto, dal momento che la sfida a tavola si ferma a un misero pareggio. Cosa hanno litigato a fare per mezza giornata se poi nessuna delle due è riuscita a vincere in modo netto?

«Allora domani andate a sciare?», chiede la suocera di Elisa.

«Se il tempo è bello, pensavamo al giro orario», risponde Riccardo che, fedele, si è servito della pasta al pomodoro. Ma pare invece piacergli molto l'altra, a giudicare dalle occhiate che lancia al piatto di sua moglie.

«Andate tutti?», vuole sapere la signora Mantovani.

Io sto per tirarmi indietro quando sotto il tavolo sento un colpo alla gamba. «Che diavolo...», borbotto incredula, e poi mi rendo conto che si tratta di mia madre.

«Oh sì, andiamo tutti», risponde Elisa prima che io riesca a intromettermi nella discussione.

Tutti chi?

«Veramente io...», tento di riportare l'attenzione di su me. Ma gli altri fanno finta che non esista. Questa volta il calcio che ricevo al polpaccio arriva direttamente da mia sorella.

«Che diavolo fate?», sussurro incredula di fronte a questo attacco incrociato. Elisa solleva uno dei suoi biondi sopraccigli da combattimento in segno di avvertimento.

«Bello essere giovani...», commenta il signor Mantovani. «Alla vostra età anch'io sciavo tutto il tempo».

Se vuole facciamo cambio. Anche subito.

«Noi andremo a passeggio. Vedrai che bella gita», lo conforta la moglie. «Lo sai che sciare non fa più per te».

Lui sospira con aria quasi sognante. Mi è chiaro da chi abbiano preso l'amore per la montagna i due fratelli. E da chi invece non l'abbiamo preso noi: mio padre cerca di non darlo a vedere, ma segretamente è sollevato che nessuno si stia interessando al suo passato da sciatore. Anche perché è ancora più pietoso del mio. Una vera lotta tra titani.

Per la prima volta mi rendo conto di non avere una via d'uscita: questa gente mi vuole veder scendere da una montagna. Certo, non hanno esattamente specificato come. Spero per loro che sul sedere sia un'opzione accettata, perché ho come il sospetto che sarà quello il modo in cui finirà questa mia avventura.

Capitolo 6

La mia discesa dalle scale al piano terra è notevolmente rallentata dal fatto che ho indosso dieci strati tra biancheria termica, scaldamuscoli, pile e chi più ne ha più ne metta. L'ultimo strato è rappresentato da un completo da sci rosa confetto che mi ha gentilmente prestato Silvia. Non aveva senso buttare via dei soldi per un'attrezzatura che non userò mai più.

Posto che il rosa acceso è l'ultimo colore che sceglierei nella vita (c'è un motivo se non possiedo nemmeno un indumento di quella tinta in tutto il mio vasto armadio), questo completo da sci mi sta più stretto di un guanto e mette in risalto qualsiasi mia curva. Persino quelle che ignoravo di avere. Sono l'Omino Michelin in versione Barbie da Malibù.

Alla fine della mia discesa trovo ad attendermi mia madre, che mi osserva critica. «Ma che razza di colore è questo?». Potrebbe essere l'unica cosa che abbiamo in comune, questo nostro odio per il rosa.

«Rosa», le rispondo con tono ovvio. Devo trovare un modo veloce per liberarmi di lei perché conciata così sudo peggio di un cammello nel deserto. Sempre che i cammelli sudino, ora che ci penso…

«Lo vedo anch'io! Ed è anche della taglia sbagliata! Di' un po', sei mica ingrassata?», si incupisce alla sola idea.

«Non ne ho la più pallida idea», rispondo sincera. E chi diavolo ci sale sulla bilancia? Io no di certo! «In ogni caso, sono gli strati che ho indosso, tranquillizzati».

Elisa compare al suo fianco e mi osserva dubbiosa. «Sei certa di riuscire a muoverti con tutti quei vestiti?».

Certa? Assolutamente no. Ma miravo ad attutire i colpi, quando ho scelto la mise della giornata.

«Forza ragazze, andiamo. Il giro è lungo». Riccardo mi salva dall'imbarazzo di dovermi difendere ulteriormente.

«Divertitevi!», urlano insieme mia madre e la signora Mantovani, accorsa per l'occasione.

Giulio è già fuori ad attenderci, bello come il sole con un competo da sci nero e grigio. Ma ho il sospetto che a lui starebbe bene anche il fucsia. Solleva appena un angolo della bocca quando si accorge del mio strampalato abbigliamento. Apprezzo che almeno lui abbia scelto di rimanere in silenzio, visto che sono state spese al riguardo così tante parole. E non sono ancora le nove del mattino. È evidente che io e questa gente abbiamo idee diametralmente opposte in fatto di vacanza. Di certo non ambivo a trascorrere la vigilia di Natale conciata in questo modo.

«Prendiamo due macchine per non dover mettere il porta-sci», mi spiega. Fiato sprecato. A me degli sci non interessa un accidente. Se riuscissimo a perderli in qualche modo durante il tragitto, sarebbe ancora meglio.

Cinque minuti e purtroppo siamo tutti e quattro alla partenza degli impianti. Ora, mi rendo conto che avrei dovuto tirar fuori l'argomento prima, ma la negazione è una mia grande strategia di vita. Perché pensare ai problemi finché non ce li si trova da-

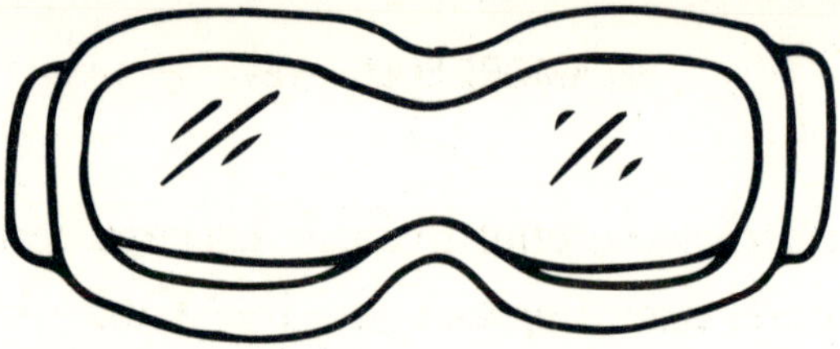

vanti? «Ma noi, di preciso, cosa dobbiamo fare?», chiedo dubbiosa. Sì, ho ascoltato quello che dicevano. Parzialmente…

Gli altri tre si voltano verso di me con espressione ugualmente costernata.

«Il Sellaronda, il giro dei quattro passi delle Dolomiti! Mi pareva che ne avessimo parlato a sufficienza», scuote la testa Riccardo. Mio cognato ancora non ha capito con chi ha a che fare. Ma ha davanti a sé numerosi anni per colmare la grave lacuna.

«Quindi, in definitiva, qualche pista…», borbotto.

«Qualche… adesso», prova a prendere tempo Elisa.

«Sono ventisei chilometri», mi comunica Giulio, l'unico che abbia il coraggio di fissarmi davvero negli occhi. È schietto, questo devo riconoscerlo.

Ma la cosa non lo salva dall'essere osservato come se fosse matto completo. «Ventisei cosa???», ripeto con voce molto più stridula di prima. Sono certa di aver sentito male…

«Ma farli con gli sci non è mica come farli a piedi!», cerca di rasserenarmi Elisa. La vera domanda è: perché lei non è agitata all'idea? Con cosa l'ha drogata Riccardo? Prestazioni sessuali indimenticabili?

Se anche Giulio si offrisse, potrei riconsiderare la questione "sci".

«Voi siete matti completi! E non mi fregate...», inizio ad agitarmi.

«Io propongo di fare il giro orario», riflette Riccardo. «Si fa più in fretta».

Vedo nel volto di Giulio l'ombra di un dubbio. Cosa c'è che non vuole dire? «Sei proprio sicuro?», domanda a suo fratello. Il tono della voce è tranquillo, ma nei suoi occhi c'è qualcosa che non mi permette di rilassarmi. E non è il fatto che abbia oggettivamente un bellissimo sguardo. Almeno, non solo...

«Non vorrai mica fare quello antiorario e costringerci a camminare con gli sci in mano!», si difende Riccardo. E tutto sommato credo di essere d'accordo con lui. Ho fatto due centimetri trascinando gli sci e penso che potrei morire anche subito per la fatica. Ma quanto diavolo pesano questi affari?

Mia sorella, che condivide con me lo stesso fisicaccio palestrato, inizia a dare segni di cedimento psicologico. «Col cavolo che mi metto a camminare con gli sci in mano!».

Giulio continua a riflettere in silenzio, spostando il suo sguardo tra noi tre. Vorrei poter affermare di essere il fulcro principale della sua attenzione, ma la verità è che le occhiate sono equamente distribuite.

«Alla peggio ci sarai tu ad aiutarla», lo incalza Riccardo.

Giulio pare decidersi. «E va bene», acconsente.

La prima impresa consiste nel prendere una cabinovia direttamente da Corvara, che dovrebbe portarci verso le alte vette innevate. Non credo che sia particolarmente promettente che io mi senta già sfinita solo dopo essere entrata nell'ovetto giallo, sci in mano, imprigionata dalla folla. I piedi mi fanno un male cane per il solo fatto di aver camminato con gli scarponi. Non oso pensare cosa succederà quando metterò davvero gli sci.

«Tutto bene?», mi chiede Giulio con un sorriso.

In effetti, ho avuto giornate migliori di questa. «Insomma...», gli rispondo. Dentro la cabinovia sono stipate mille persone e il clima non è dei migliori. A voler essere sinceri, l'unica cosa davvero positiva è il fatto di trovarmi incollata a lui. Ma di questo passo finirò per puzzare come un caprone e lui non vorrà ma più entrare in uno spazio angusto con me.

«Vedrai, saremo in alto al Boè in un attimo. Poi prendiamo la pista rossa fino al Passo Campolongo», mi istruisce.

Le piste rosse sono quelle di media difficoltà. Lo so che c'è di peggio, ma avrei preferito iniziare con qualcosa di molto più banale. Per esempio, una pista pianeggiante.

Una volta giunti in cima, mi tocca constatare di persona che il clima è agghiacciante. Nel vero senso della parola, poiché sulla vetta soffia un vento gelido. Ma quanti gradi ci saranno qui? Meno mille?

«Forza Chiara! Metti gli sci!», mi incalza mia sorella. Loro tre sono già pronti per partire e io devo ancora capire come fare a riconoscere lo sci destro da quello sinistro. C'è differenza oppure sono perfettamente simmetrici? Il dubbio mi attanaglia finché Giulio mi indica con un bastoncino delle minuscole freccette poste ai lati per identificare lo sci corretto.

«Be', potevano anche farle più grandi...», borbotto seccata.

«Dai, muoviti che si gela!», insiste ancora Elisa.

«Cara, se fossimo andati ai Caraibi nulla di tutto questo sarebbe successo!».

Lo sguardo di mia sorella mi conferma che la pensa come me, ma che non è autorizzata a dirlo. Vigliacca.

E proprio quando penso che al peggio non c'è fine, mi rendo conto di non riuscire a infilare correttamente lo scarpone negli attacchi. «Che diavolo succede?», domando nervosa, provando e riprovando mille volte. Ma niente, pare che l'attacco non ne voglia sapere.

«Alza il piede», mi dice Giulio. E io, non sapendo che cos'altro fare, eseguo.

«Hai accumulato un bel po' di neve sotto lo scarpone. Dobbiamo toglierla se vuoi far scattare l'attacco».

Prima che io possa anche solo rispondere a qualcosa di intelligente, mi avvicina a sé, solleva la mia gamba e si mette e pulire la suola dello scarpone

che indosso. Oddio, non sono affatto abituata al fatto che qualcuno si prenda cura di me e il gesto mi riduce in uno stato comatoso. Sollevo gli occhi e lo fisso con sguardo un po' ebete.

«Prova adesso», mi suggerisce. Ma io niente, continuo a osservarlo.

«Chiara, puoi infilare quello scarpone nell'attacco prima che ti si riformi il ghiaccio?», borbotta impaziente Elisa, ridestandomi.

«Certo, certo...», rispondo in fretta. E infatti lo scarpone si attacca senza problemi. Prima di osare con il secondo provvedo a togliere da sola la neve in eccesso. Avvicinarmi ancora a Giulio potrebbe peggiorare il mio già non brillante stato mentale.

«Ok, ora che siamo tutti pronti, direi di partire. Ci vediamo giù?», chiede Riccardo.

Io lancio un'occhiata verso il fondo della vallata e spalanco la bocca. È molto in basso! Come caspita ci posso arrivare?

«Tu ed Elisa andate pure. Io e Chiara faremo con calma. Ci vediamo in fila allo skilift per Arabba», risponde Giulio, intuendo la mia agitazione.

Sto quasi per singhiozzare dalla gratitudine mentre osservo Riccardo partire in quarta e mia sorella seguirlo in modo decisamente meno aggraziato. L'impressione è che corra il concreto rischio di cadere quasi a ogni curva, ma Elisa non molla: rimane in piedi, ostinata come al solito. Non posso dire che la prenderanno a esempio in fatto di tecnica, ma le devo riconoscere la determinazione necessaria a scendere dalla vallata senza incidenti di percorso. Il che è già moltissimo, per quel che mi riguarda.

«Il corso le è servito», borbotto stupita. Ero davvero convinta del contrario.

«Migliorerà sempre di più, se avrà la costanza di non mollare adesso che le cose paiono difficili», commenta Giulio prima di rivolgere il suo sguardo verso di me e sorridermi cercando di trasmettermi un po' di calma. Il problema è che questa prima discesa all'improvviso mi pare impossibile, altro che difficile. Il mio volto deve essere una vera e propria maschera di terrore. Sto seriamente prendendo in considerazione di rotolare direttamente fino a valle; con tutti gli strati che ho addosso dovrei riuscire ad attutire qualsiasi malaugurato colpo.

«Elisa almeno ha superato il blocco. Io, invece...», provo a spiegargli.

«Niente panico. Scenderemo anche noi. Un passetto alla volta. Devi solo ricordarti come si fa».

La fa facile lui, che di certo sarà uno sciatore perfetto. «Ah ah, veramente per ricordarmi avrei dovuto prima imparare», ribatto tesa.

«Buttati e non ci pensare. Inizia con lo spazzaneve e a mano a mano che acquisti sicurezza, correggi la postura e tieni gli sci paralleli», mi suggerisce.

Giuro, se non fosse per l'amor proprio, a quest'ora avrei già ripreso la cabinovia per tornare indietro. Ma Giulio mi osserva, mi sorride rassicurante e quindi non mi rimane altro che farmi forza e darmi una spinta con i bastoncini. Non credo di aver mai compiuto un'azione più demenziale di questa sperando di impressionare un uomo, e francamente non ne vado fiera. Mentalmente prego Dio di preservarmi in qualche modo, perché il mondo ha bisogno anche degli stolti, e chi meglio di me potrebbe rappresentare la categoria, arrivati a questo punto.

Il sospetto di aver messo troppa foga nella spinta si trasforma in una certezza nel momento in cui i miei sci paiono come animarsi e iniziano a scendere contro il mio volere. Quella che sarebbe dovuta rimanere una bassa velocità, diventa sempre più sostenuta, finché ben presto mi ritrovo a scendere alla velocità della luce. E sto urlando, perché odio andare veloce e perché non riesco a fare niente.

«Oddio!!! Aiuto!!!», grido come una pazza. La gente attorno a me ha il buon senso di scansarsi con decisione al mio passaggio.

Sono quasi certa di non aver alcuna speranza di sopravvivere a questa follia, quando con la coda dell'occhio vedo comparire accanto a me la sagoma di Giulio. Sta scendendo alla mia stessa ridicola velocità, con la differenza che lui pare perfettamente in grado di controllare i suoi movimenti. Anzi, mi pare persino piuttosto aggraziato.

«A spazzaneve!», mi grida indicando i miei sci. «Devi frenare!»

Ma sul serio pensa che griderei in questo modo se

avessi la più pallida idea di come si fa a frenare? «E come?», domando terrorizzata.

«Mettiti parallela alla montagna! Non perpendicolare!».

«Ma non ce la faccio!», urlo ancora. Ho una maledetta paura di incrociare gli sci e volare chissà dove.

A venire in mio soccorso ci pensa per fortuna la geografia, perché dopo un primo tratto molto inclinato, segue una parte di pista maggiormente pianeggiante, il che mi permette di ridurre la velocità in modo del tutto naturale. Ora o mai più, mi viene da pensare, prima che il tracciato torni di nuovo ripido. Rinfrancata nello spirito da questa velocità meno sostenuta, mi decido per una mossa disperata: mi butto a terra, sperando che l'impatto non risulti devastante.

Rotolo per un bel po', finché il mio corpo (e i miei provvidenziali mille strati) non arresta del tutto la caduta. Se scopro di non essermi rotta niente andrò a Lourdes in pellegrinaggio.

«Tutto bene?», mi chiede Giulio con una voce molto spaventata. Lo vedo togliersi in fretta gli sci e venire in mio soccorso. Mi scosta la neve dal volto e mi osserva con espressione agitata.

«Sono viva. Credo sia già un successo...», replico.

Giulio non perde tempo e inizia a controllare lo stato del mio corpo, toccando prima le spalle, poi il torace e infine le gambe. Credo che l'esperienza avrebbe potuto essere molto piacevole, se le circostanze fossero state un pizzico meno estreme e il suo intento di natura differente. «Potevi romperti l'osso del collo! Cosa ti è venuto in mente?», domanda dopo aver tirato un sospiro di sollievo. Ne deduco che non abbia trovato niente di rotto. Non era affatto scontato.

«Non penserai mica che lo abbia fatto intenzionalmente, vero? Non ho tendenze suicide, anche se posso capire che ora come ora tu ne stia dubitando».

Giulio scuote la testa, mentre mi aiuta a rimettermi in piedi. Incredibile ma vero, pare sul serio che non mi sia fatta niente; non sento alcun dolore evidente e, spavento a parte, direi che sono come nuova. «Sei una che deve sempre esordire con il botto, eh?», mi prende in giro.

«Cosa non si fa per farsi notare...», cerco di rispondere con altrettanta ironia.

Mi fissa intensamente, mentre mi raddrizza il casco. La mia mise sciistica non è esattamente un abbigliamento in grado di risultare chissà quanto seducente, e per uno stupidissimo attimo arrivo quasi a dispiacermene. «Quello che sto per dirti non credo risulterà chissà quale sorpresa, ma lo ribadirò comunque: non hai bisogno di azioni estreme per attirare l'attenzione».

Sbatto le ciglia stupita. È come se il mio cervello avesse problemi a elaborare la frase e fosse alla ricerca di un significato alternativo. «Oh...», mormoro arrossendo. Salvo darmi subito dell'idiota e sentirmi in dovere di sminuire in qualche modo il senso delle sue parole. «Lo dici perché sei gentile».

Giulio inclina la testa e mi scruta concentrato. A lui il casco da sci dona, ovviamente. E non solo quello. «Non credo di essere così tanto gentile...», commenta. «Voglio dire, sì, l'educazione prima di tutto. Ma dico solo quello che penso. Al massimo mi trattengo dal pronunciare certe affermazioni e svio su altro, se non ne sono convinto».

Interessante che si sia sentito in dovere di specificarlo. «Be'... quindi, cosa facciamo?», gli chiedo indicando noi due. «Intendo, come procediamo, ora che sono riuscita a sopravvivere in qualche modo alla mia prima discesa...». Per un attimo ho temuto di aver fatto una gaffe e di aver sottinteso chissà cosa.

Lui mi sorride con fare enigmatico. «Te la senti di riprovare con calma?».

Stranamente sì, me la sento. Sono stata inondata da una potente scarica di adrenalina unita alla voglia di fare, ora che in qualche modo ho evitato il mio appuntamento con la morte. «Assolutamente», gli confermo.

«Sono impressionato», ammette. «In genere le persone battono sempre in ritirata di fronte a un'esperienza difficile».

«Oh, ma io sono mezza matta». Nel caso avesse ancora qualche dubbio. «Ma una matta simpatica».

Annuisce ridendo. «Sì, però, cara la mia matta, ora andrò per primo, ti indicherò esattamente come muoverti e tu non dovrai fare altro che imitare i miei movimenti, siamo d'accordo?»

«Signorsì, signore». Certe volte apparirà anche un po' rigido, ma sono pronta a scommettere che

Giulio Mantovani sia un tipo interessante. Uno che un po' ordina e un po' esaudisce i tuoi desideri. Cielo, perché all'improvviso fa caldo su questa montagna?

«Perché stai arrossendo?», mi chiede incuriosito. Ma per il suo bene è il caso che continui a rimanerne all'oscuro.

«È il sole».

«Hmm», mormora non troppo convinto, allontanandosi per recuperare i miei sci. Si china poi davanti a me e mi aiuta con gli attacchi, visto che in questo punto il terreno è comunque inclinato. Sto per piangere di fronte a tanta galanteria.

«Grazie. Ammettilo però: lo fai solo perché mia sorella ci tiene a me...».

Lui scoppia a ridere. «E chi può dirlo. Magari ho i miei personalissimi piani malefici e mi servi tutta d'un pezzo», mi tenta.

All'improvviso ho tutta l'intenzione di arrivare alla fine di questa giornata, non solo per una questione di sfida personale – che aiuta sempre, nel mio caso – ma anche perché muoio dalla voglia di scoprire cosa intendeva con quello che ha appena pronunciato. «In questo caso, non perdiamo tempo e partiamo», lo incalzo. Con calma, molta calma, ma sono certa di potermi fidare di Giulio. Di me stessa, d'altra parte, molto meno.

Lui si sistema la visiera e inizia una tranquilla discesa che oggettivamente chiunque sarebbe in grado di imitare. Ma pensa, alla fine si scoprirà che in effetti sapevo sciare.

La giornata scorre veloce, una volta che acquisto confidenza con gli sci e le mie discese si fanno più sicure: Passo Campolongo, Arabba, Porta Vescovo, Pont de Vauz, Passo Pordoi, Pian de Frataces e Passo Sella sono i nomi principali che ci lasciamo alle spalle con il progredire delle ore. Il meteo è dalla nostra, con un bel sole a illuminare vette che mi sorprendono di continuo, essendo una più bella dell'altra. Forse sto iniziando a comprendere il fascino della montagna in inverno. Certo, rimane il fatto che una spiaggia e un mare caldo avrebbero fatto maggiormente al mio caso, ma riuscire in qualcosa che sulla carta sembrava quasi impossibile ha un fascino non indifferente.

Giulio e io abbiamo reputato vincente la strategia della prima discesa, motivo per cui abbiamo continuato ad applicarla anche per le altre piste: lui mi indica il tracciato migliore, scendendo per primo, e io lo seguo fedelmente con molta meno grazia. Ma rimango in piedi, incredibile ma vero, persino nei pochi tratti di pista seriamente impegnativi.

Giunti a Selva di Val Gardena, ci concediamo finalmente una sosta per il pranzo. Sono quasi le due, ma il saggio Giulio ha preferito sciare il più possibile prima di fermarci. E io oggi non ho la minima intenzione di mettere in dubbio nessuna delle sue decisioni: mi ha letteralmente salvato. Senza contare che ha trasformato un'esperienza potenzialmente drammatica, in una di cui andrò molto fiera e che racconterò in giro ai miei amici come se avessi scalato queste montagne a mani nude, invece di averle percorse sugli sci.

Riccardo e Giulio sono in coda alla cassa per prendere da mangiare per tutti, così ho finalmente l'occasione di scambiare due chiacchiere con mia sorella.

«Allora...», inizio a parlare, salvo essere sovrastata dall'acuta voce di un'Elisa molto eccitata.

«Tu e Giulio!», esclama tutto felice, praticamente battendo le mani.

«No», le risponde perentoria.

«E invece sì!», insiste tutta contenta. «Sai, non volevo dirtelo prima, ma Riccardo e io abbiamo sempre pensato che sareste stata un'ottima accoppiata», mi stupisce. «Eravate così carini insieme nelle foto del matrimonio...», ricorda con aria sognante.

Qualcuno faccia rinsavire mia sorella quanto prima. «Elisa, tutti sono *carini*, qualsiasi cosa voglia dire, quando sono tirati a lucido per una cerimonia...».

«No, no, non cercare di farmi cambiare idea. C'è qualcosa che bolle in pentola, e tu non me lo vuoi dire!», mi accusa.

«Non è da buttare via», è il massimo che sono pronta a concederle. «Ma non credo proprio che sarebbe una buona idea». E lo intendo sul serio, non lo sto dicendo tanto per dire, solo per liberarmi di mia sorella.

«Finché non provi, non potrai mai saperlo...».

«È proprio questo il punto: non si può provare in una casa piena di parenti. Comprometterebbe del tutto l'atmosfera natalizia, non credi?».

È costretta a darmi ragione, e non ne è troppo felice. «Sì, dannazione... Però puoi sempre, non so, soffiare sul fuoco per quando rientrerete a Milano...».

Sollevo lo sguardo e cerco, nel locale rustico pieno di sciatori, la figura di Giulio, che sta giusto tornando al tavolo con il cibo. Salvatore della patria da ogni punto di vista, ma in questo non c'è nulla di realmente stupefacente: ne ha sempre avuto sia l'aspetto che l'odore. Sa di persona di cui puoi fidarti, sa di quello che si farà in quattro perché tu non ti sfracelli su una montagna, sa di chi ti porterà il panino perché tu possa riposare le gambe. Pensavo che uomini simili fossero un po' leggende metropolitane ma anche che, se mai ne avessi incontrato uno, di certo non ne avrei subito il fascino. E invece...

«Cotto e fontina», mi dice porgendomi il mio panino. «E uno uguale anche per te, Elisa. Riccardo sta arrivando con le birre».

«Avremmo dovuto optare per la grappa», commento più seria di quanto possa pensare.

«Per quella dovrai aspettare questa sera», promette tornando a sorridermi misterioso.

Dovrebbe brevettare il suo modo di fare, perché trovo che sia molto efficace. Anzi, efficacissimo. «Ah, mi porti fuori a bere?», lo canzono. Intendo dire, è palese dal mio tono e dalla mia espressione che io stia scherzando, ma Giulio si ferma a scrutarmi prima di rispondere.

«Perché no?», replica alla fine. «Certo, prima devi riuscire nell'ultimo pezzo della tua impresa sciistica: quella che da Selva ci farà tornare a Corvara».

«Consideralo già fatto», ho la faccia tosta di replicare, facendo scoppiare a ridere tutti i presenti. E pensare che questa volta ero seria…

Capitolo 7

Tutta questa giornata è stata una grande sorpresa, a iniziare dall'aver portato a termine con successo (leggasi "tutta d'un pezzo") la mia epica esperienza del Sellaronda – sì, sto pensando a un'autobiografia, ma voglio rimanere umile – fino ad arrivare alla serata, che mi sarei aspettata di trascorrere andando a dormire con le galline, vista la stanchezza che mi sentivo addosso dopo aver tolto gli sci, e che invece sto passando in un wine bar di Corvara dal nome che potrebbe quasi appartenere a un romanzo: Toccami. Giulio Mantovani deve avere molto più senso d'ironia di quanto io immaginassi, anche perché ci troviamo in questo locale noi due soli.

Posto che non era nei piani che Elisa e Riccardo venissero con noi, ci hanno tolto dall'imbarazzo di estendere anche a loro l'invito, chiudendosi in camera dopo la cena. Le ipotesi sono due: o non vedevano l'ora di saltarsi addosso, oppure hanno deciso di lasciarci soli. Con sommo orrore di mammà, che quasi stava morendo soffocata, nel momento in cui ci ha visto uscire.

È più forte di me, non riesco a smettere di ridere ricordando la sua faccia e non ho nemmeno terminato il mio primo bicchiere di grappa. Qualcuno ha mantenuto la sua promessa e mi ha procurato finalmente qualcosa di forte per brindare.

«Ti vedo allegra», commenta Giulio, seduto di fronte a me in questo locale dall'arredamento moderno e rustico allo stesso tempo. A farla da padrone c'è un grande bancone di legno sormontato da lucine che creano atmosfera, circondato da tavoli dello stesso legno accompagnati da sedie scure imbottite e confortevoli. Il posto è gremito di gente a quest'ora, ma il nostro tavolino è piuttosto defilato e dà come l'impressione di essere in una sorta di bolla.

«È l'allegria di chi pensava di morire, dopo quelle prime curve, e invece si ritrova qui viva e vegeta», scherzo.

«Curve? Quali curve iniziali?», mi ricorda perfido. «Il problema era appunto che stavi andando dritta...».

«Nella mia testa erano curve», mi difendo. «Quello che accade nella mia testa è molto importante, va da sé», lo avverto.

«Credo di volerne sapere di più, allora». Si sporge in avanti, braccia appoggiate sul tavolo e mi scruta interessato. Il profumo è sempre lo stesso, il suo effetto su di me, pure.

«Non so se sei pronto per qualcosa di così estremo...». Stiamo flirtando, inutile negarlo. Ed è maledettamente divertente.

«Ti sembro uno che si spaventa con poco?», vuole sapere.

«Sei difficile da decifrare, a dire il vero. Mi sembri un tipo molto misterioso». Non vedo perché mentirgli, d'altronde.

«Non lo sono affatto. Ma ti prego, continua pure a vedermi in questo modo», replica facendomi ridere. «In ogni caso, l'impressione è del tutto reciproca. E apprezzo il coraggio di oggi».

Inarco un sopracciglio. «Si chiama follia ma, ti prego, continua a pure a credermi coraggiosa».

Sorridiamo entrambi. «Certo, sono stata invece molto coraggiosa a uscire con te questa sera sfidando le occhiatacce di tua madre. Fa sempre così?»

«Solo con le donne che pensa potrebbero interessarmi».

«Ora ti stai prendendo gioco di me...».

Scuota la testa con espressione intensa. «Mai fatto. E avrei anche detto qualcosa prima, se non ci fossero stati di mezzo certi legami familiari...».

«Già. Elisa e Riccardo. Flirtare con il cognato della propria sorella potrebbe avere il sapore di qualcosa di proibito».

La mia frase pare preoccuparlo. «Perciò da parte tua sarebbe questo? Una situazione interessante solo perché difficile?»

«Non credo». Deve percepire la sincerità della mia risposta, perché si rilassa visibilmente. «Però propongo di prenderla con grande calma, un bicchiere di superalcolici alla volta». E così dicendo mi porto il bicchiere alla bocca, mandando giù un altro sorso di grappa.

«Quindi, hai cambiato idea sullo sci?», vuole sapere.

«Be', devo ammettere che è meno peggio di quanto temessi, ma è soprattutto merito tuo, se la cosa non è finita malissimo per me».

Giulio allunga una mano nella mia direzione e mi sfiora la mano con una punta del dito. È il tocco più sensuale che abbia sperimentato da un sacco di tempo. Potrebbe sembrare niente, e invece promette fuochi d'artificio. Giulio Mantovani finirà per rivelarsi decisamente pericoloso, a giudicare dalla mia reazione a un gesto così banale.

Giro la mano, in modo che il mio palmo sia ben visibile e accessibile. «È un invito?», chiede.

Ci rifletto sopra. «È l'apertura di una mano».

Giulio posa delicatamente un dito alla volta sul mio palmo e poi sposta lo sguardo sul mio volto, che osserva con concentrazione. «Chiara, Chiara… cosa devo fare con te?», chiede a sé stesso sospirando.

Avrei una mezza idea, ma sarò molto più contenta di rivelargliela quando saremo lontani da tutti i rispettivi parenti. Scrollo le spalle. «Davvero non saprei…».

«Il problema è che io invece avrei più di un'idea, ma bisognerà aspettare». Sì, il piccolo dettaglio del ritrovarci in una casa piena di parenti. «Facciamo così: rivediamoci a Milano», mi invita.

«Volentieri. Ti darò il mio numero».

Ride. «Ce l'ho già», mi rivela quasi arrossendo.

«Ma tu pensa…».

«Sono stato tentato di usarlo in passato, ma ho saggiamente pensato di aspettare».

«Per la serie, c'è un momento giusto per tutto…».

«È la mia speranza, sì».

«Perciò, questa sera cosa si fa? Si beve e basta?», chiedo conferma, perché la tentazione di divorarlo oggi stesso è forte. «Niente baci della buonanotte?», lo stuzzico.

Lo osservo deglutire a fatica. «Meglio di no».

«E va bene, come desideri…».

Peccato che Giulio debba aver cambiato idea durante la serata perché alla fine di piacevolissime ore trascorse a chiacchierare e raccontarci le nostre vite, nel momento in cui ci troviamo a salutarci davanti alla mia camera da letto, mi afferra velocemente per la vita e mi sorprende con un inaspettato bacio sulla bocca.

Una volta al sicuro dentro la camera, non posso fare a meno di sorridere come una scema. Che tipo, questo Giulio Mantovani. Un gran bel tipo, a quanto pare.

Capitolo 8

Il salone dei miei genitori ospita uno dei nostri soliti pranzi di famiglia, ma questa volta c'è una grande novità: sono sinceramente felice di trovarmi qui oggi, e questo nonostante abbia dovuto citofonare ben quattro volte per farmi aprire dalla nonna, e nonostante un atteggiamento da parte della signora Daniela Mantovani, che definire poco amichevole sarebbe davvero generoso. Ha annusato qualcosa e non la smette di far scorrere lo sguardo arcigno tra Giulio e me. Oh, poco male, può andare al diavolo; l'unica persona di cui mi interessa mi siede di fronte e mi sorride con fare complice.

Finito il primo, mi alzo per raccogliere i piatti e noto che Giulio fa altrettanto nella sua metà del tavolo. Abbiamo battuto tutti gli altri in quanto a velocità, e ci stiamo dirigendo verso la cucina.

«Giulio, rimani pure seduto, ci penso io…», prova a convincerlo mia madre, ma lui è stato più rapido e non intende mollare.

«Ci mancherebbe, si rilassi signora», le sorride affabile. Giulio ci sa fare con le madri. Be', a dire il vero ci sa fare anche con le figlie, ma dopo le ultime settimane mi sento un tantino di parte.

«Mamma, pensiamo a tutto noi», le confermo.

«Un incontro clandestino in cucina…», lo prendo in giro poco dopo, quando ci ritroviamo finalmente da soli, tenendo però basso il tono della voce perché mi aspetto orecchie ben tese da parte dei nostri commensali.

«Saremmo potuti arrivare insieme», mi ricorda. «Voglio dire, dopo ieri sera…».

Mi ritrovo ad arrossire, e non è da me. «Ieri sera? Cosa sarebbe successo ieri sera?», fingo di non ricordare.

Giulio, con le mani finalmente libere dai piatti, mi si avvicina e mi bacia sul collo. Un contatto lieve ma ad alto tasso di erotismo. «Ah, è così? Smemorata e bisognosa di ripassare?»

«Parrebbe di sì. Cosa fai dopo?», gli chiedo cercando di risultare distaccata quanto basta, ma sto sospirando e il suo sorriso compiaciuto è indice del fatto che ne è ben consapevole.

«Non lo so... dipende...».

«Da cosa?», domando con un accenno di disperazione nella voce.

«Da quello che fai tu...». E così dicendo fa scorrere un dito sulle mie labbra, accarezzandole, come ad anticipare una promessa che si spera potrà presto concretizzarsi. Giulio Mantovani è uno che sa prendersi i suoi tempi, come ho scoperto in questo periodo: sa aspettare, sa creare atmosfera, sa stregare e farti girare la testa. Per inciso, la mia girava già da un po' anche se non ne ero troppo cosciente.

«Ho una proposta per te: qualsiasi cosa sia, facciamola insieme». Troppo diretta?

Lui scoppia a ridere. «Suggerimento interessante», acconsente. «Ma ora pensiamo a portare in tavola il secondo», mi ricorda indicando le patate al forno e la carne.

«Potremmo sempre decidere di andarcene...», lo tento. Chi ha bisogno di cibo, quando si può vivere di altro?

«Potremmo, ma poi chi lo spiega a mia madre?»

«Tu?», gli suggerisco.

Lui continua a fissarmi ridacchiando. «Anch'io ho i miei limiti. Questa cosa conviene giocarla con intelligenza».

«Quale cosa?», fingo di non capire.

Giulio sospira. «Non essere ottusa. Certo, a meno che tu non mi abbia sedotto con l'intenzione di liberarti velocemente di me...». Lo dice scherzando, ma ho imparato a leggerlo; il dubbio gli è venuto eccome, e pare non sia proprio a suo agio non sapendo a che gioco stiamo giocando.

«Ieri sera è stato bello», ammetto finalmente, perché questa mattina ero troppo in imbarazzo per poterlo fare in modo così diretto.

«Molto», mi fa il verso. «È da quando ti conosco che tutto mi pare in qualche modo... migliore», se ne esce alla fine.

«Oh», è l'unica cosa che sono in grado di rispondere. Sono una persona fin troppo logorroica, ma evidentemente ho dei seri problemi di comunicazione quando mi sento emotivamente fragile. «Idem». Per fortuna non ho pensato di costruire una carriera scrivendo discorsi per eventi davvero importanti.

Giulio mi sorride come se si fosse tolto un grande peso. «Perciò, magari non scappiamo da questo pranzo, ma resistiamo. Per la serie, non si sa mai, potrebbero toccarci tanti altri pranzi». Quello che non dice ma sottintende è "insieme", ma è come se lo avesse pronunciato.

«E va bene, in fin dei conti abbiamo tutto il tempo del mondo», commento.

E io non credo di essere mai stata più curiosa o felice di scoprire cosa mi riserverà il futuro.

From Baška with Love

...ecco che cosa succedeva a Chiara (e Sveva) qualche mese prima...

Dedicato a chi a Natale ama
o amerebbe essere al mare

Capitolo 1

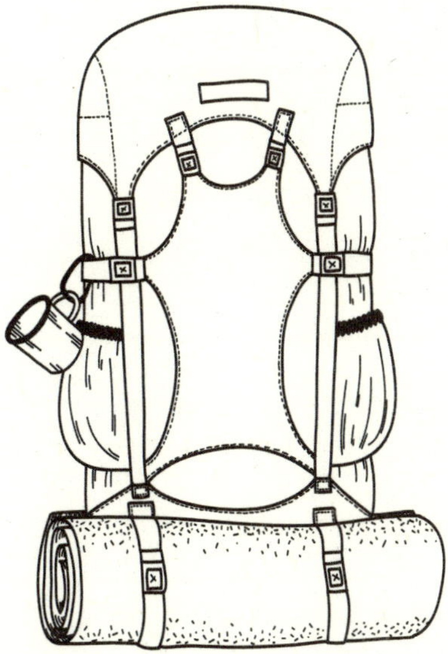

C'era stato un validissimo motivo se mi ero ritirata dagli scout dopo sole due settimane.

Avevo resistito ben quattordici giorni, quell'ultimo anno delle medie. Ovvero, il tempo di presentarmi alla prima riunione e fare un'unica, memorabile uscita. Il fatto che me ne fossi tornata a casa esterrefatta e sconvolta, giurando "mai più finché avrò vita", non era stato proprio una sorpresa, per quanto mi riguardava. Avevo coltivato in segreto il forte sospetto di non essere molto adatta a quel genere di avventure.

Mio padre, che invece veniva da una gloriosa famiglia i cui membri si consideravano da sempre scout fino al midollo – tanto che buona parte dei suoi migliori amici erano ancora quelli con cui aveva condiviso tende puzzolenti e patate mai sufficientemente cotte – aveva dovuto accettare di aver fallito del tutto nella sua missione. Personalmente ho sempre preferito spiegare la mia débâcle in maniera più mandevilliana: credo proprio di aver preso da mia madre, che con le gite all'aria aperta non c'entra proprio niente. Anzi, meno di niente.

Voglio dire, in linea di principio non sono contraria a dormire in otto, stipati in un'unica tenda, a non avere a disposizione un bagno degno di questo nome (no, il prato non è un'alternativa valida, per quanto mi riguarda) e a mangiare cibo "mutante". Però lo divento, se si tratta di me.

Ognuno è libero di esprimere la sua vena masochistica come meglio crede, ma io ho sempre avuto una certa predilezione per la comodità. Banale, lo so, ma perché lottare contro la propria natura?

Ecco perché non riuscivo a capire come avessi potuto accettare di trascorrere due settimane in campeggio con le mie due più care amiche. Sarebbero stati quattordici giorni *consecutivi*, non so se mi spiego...

Silvia e Chiara avevano pure la faccia tosta di sostenere che lo stavano facendo per *me*.

Ma mi avevano visto bene in faccia? Se davvero avessero voluto aiutarmi – cosa di cui stavo iniziando a dubitare – avrebbero dovuto prenotarmi una bella vacanza *all inclusive* in qualche villaggio con animatori giovani e prestanti, dagli addominali scolpiti e dalla conversazione non troppo impegnativa. Altro che quella specie di vacanza alla scoperta di noi stesse...

Forse l'oracolo di Delfi non sarebbe stato d'accordo, ma io non avevo bisogno di conoscermi oltre. Quello che avevo scoperto in trent'anni di vita tormentata bastava e avanzava.

«Spiegami di nuovo come posso essere finita qui», dissi a Chiara, mentre parcheggiavo la macchina nella zona del campeggio adibita alla sosta momentanea degli ospiti in attesa di registrarsi.

Lei uscì dall'auto e, senza scomporsi di fronte al mio malumore, si mise a scrutare l'orizzonte inspirando a pieni polmoni l'aria che profumava di pino. «Te l'abbiamo detto e ridetto, cara la nostra Sveva, avevi bisogno di staccare. E cosa c'è di meglio di questa bella vista?», chiese, indicando il panorama con la mano. In lontananza si scorgeva in effetti un mare sorprendentemente cristallino, che brillava sotto i raggi del sole, ma lungi da me darle la soddisfazione di ammetterlo.

«Che ne so, un albergo a cinque stelle?», provai a proporre sarcastica. «Sei sicura che sia il posto giusto?», le domandai facendomi subito seria.

Silvia, lasciato il sedile posteriore della macchina, stava aprendo una mappa per controllare. «Stai tranquilla, è questo».

Le guardai dubbiosa. «Vi devo ricordare che ne eravate convinte anche mezz'ora fa, quando ci siamo fermate in un campeggio per soli nudisti». Richiamai l'episodio tutt'altro che piacevole, quando avevamo clamorosamente finito per girare in direzione della Vecchia Baška invece che tirare diritto per quella nuova. Che, per inciso, avevano costruito in una zona del tutto diversa dell'isola. Ah, noi e il senso d'orientamento... Questi sconosciuti. Almeno ora potevo dire di conoscere bene il significato della sigla FKK...

«E che sarà mai stato, per aver visto due sederi...», borbottò Chiara imperturbabile.

«Due sederi *flaccidi*, intendi. E purtroppo ho visto anche altro, quando quei tizi si sono voltati», le ricordai, rabbrividendo ancora al solo pensiero.

No, non era stata una visione molto piacevole. I due tizi erano sessantenni grinzosi ed esibizionisti. Combinazione alquanto inquietante.

«Perché sei maliziosa, l'occhio ti va a cadere sempre lì», mi prese in giro.

«Sono la donna meno maliziosa del mondo! È che erano a due passi, non so come tu abbia fatto a non notarli! Cielo, tornerò da questa vacanza con più psicosi di quando sono partita», mi lamentai.

Silvia mi sorrise comprensiva. «Se proprio si mette male, puoi sempre decidere di farti pagare i danni immateriali da quel cretino del tuo ex».

«Quello preferisco non vederlo mai più, se permetti...».

«*Quello* avresti dovuto farlo a pezzi», si intromise Chiara. Lei era sempre a favore dei metodi violenti. Non che non fossero giustificati, nel caso di Claudio.

«E perché mai, solo perché si è svegliato due mesi prima del matrimonio? Poverino, in fondo poteva fare di meglio. Che so, scoprire di non volermi sposare due settimane o due giorni prima, o perché no, a due ore dal grande evento!», esclamai oltraggiata. Era evidente che avessi ancora parecchia rabbia in corpo. Ma chi al mio posto non l'avrebbe avuta? Avevo passato dieci anni insieme a un idiota che mi aveva piantata poco dopo l'invio delle partecipazioni. Se fosse stato un signore, avrebbe avuto il buon senso di farlo *prima* che i nostri duecentocinquanta invitati fossero informati in pompa magna dell'avvenimento.

Anche perché era stato proprio lui, insieme ai suoi barbosi genitori, a insistere su un sacco di sciocchezze: inviti tradizionali con tanto di genitori elencati in bella mostra, lista nozze consistente in oggettistica per la casa, pur essendo noi destinati a vivere nel mio appartamento già accessoriato da anni. La madre di Claudio trovava infatti *tanto volgare* sostituire la lista nozze con una donazione libera. Per non parlare del bonifico all'agenzia viaggi. Orrore degli orrori moderni!

Ora, almeno, a restituire tutti quei maledetti

piatti e bicchieri avrebbe pensato la signora-futura-suocera-mancata. Ben le stava...

«Respira Sveva», mi impose Chiara. «Per quanto mi riguarda ti è andata di lusso: hai evitato di sposare un babbeo».

«In effetti...», si mostrò d'accordo anche Silvia, che pure era la più ragionevole del gruppo.

Sapevo che erano nel giusto, ma la ferita era ancora aperta. A quell'ora mi sarei dovuta trovare in viaggio di nozze negli USA, altro che campeggio in Croazia. Il posto in realtà non era affatto male. Era la parte del campeggio che mi stava creando qualche problemino.

«Come mi pento di non avergli spaccato la faccia quel giorno», ammisi mio malgrado.

Chiara mi sorrise complice. «E chi ti dice che tu non possa ancora farlo al tuo ritorno?»

«Avete ragione. E questa attesa guiderà la mia vacanza!», annunciai solenne.

«Ma mentre aspetti di suonargliele come si deve, cerca di dimenticarti della faccenda per i prossimi giorni. In fondo hai evitato un divorzio sicuro», mi disse convinta Chiara.

«Sai come la pensava mio nonno: meglio una

donna divorziata di una mai sposata. Nel primo caso puoi sempre dire che non ha funzionato, nel secondo invece sembra che nessuno ti abbia voluto», spiegai sconsolata, ricordandomi improvvisamente di quella bizzarra lezione di vita. Non avevo mai condiviso una simile visione delle cose, ma d'altronde non ero nemmeno mai stata piantata prima di allora a pochi metri dall'altare. L'esperienza con Claudio mi aveva fatto pensare che mio nonno – per quanto non molto affidabile, dal momento che si era sposato tre volte – forse sotto sotto non avesse tutti i torti.

«Non per offendere la tua famiglia Sveva, ma voi non siete gente normale. E questa frase non fa che confermare i miei sospetti», mi rispose.

Io la guardai in tralice, indecisa su cosa ribattere, quando Silvia si intromise cercando di fare da pacere.

«Cosa ne dite se ci registriamo e montiamo la tenda, prima che inizi a scendere la notte?», propose, saggia come sempre, guardando l'orologio che segnava già le sei. La malaugurata deviazione dai nudisti, oltre ad averci regalato abbastanza materiale per i prossimi mille incubi, ci aveva fatto perdere un sacco di tempo prezioso.

«Assolutamente. Chi di voi due ha il foglio con la prenotazione?», chiesi a entrambe. Ma l'unica risposta che ottenni fu un silenzio imbarazzato. «Non ditemi che non lo avete portato!», esclamai seccata. In genere la parte organizzativa era il mio forte, ma visto che non ero molto a favore di quella vacanza e mi ero a stento fatta convincere a partire, non ero stata io a occuparmi della prenotazione. In fondo uno mica si ghigliottina da solo, no?

«Non ti agitare!», cercò di calmarmi Silvia. «Sono sicura che ci faremo capire benissimo anche senza il numero di prenotazione».

«Perché, parli croato?», le chiesi agguerrita.

Ma lei rise solo. «Ah ah, divertente. Figurati, ma sono sicura che qui parleranno tutti italiano, no?».

Capitolo 2

Ebbene, no, come scoprimmo nostro malgrado un'ora dopo. L'incaricato alla reception era infatti un liceale che con ogni probabilità si guadagnava la paghetta con lavoretti estivi, ma parlava solo inglese. Perfettamente. Dovemmo ammetterlo, mentre lo osservavamo atteggiarsi con un accento da far concorrenza a un presentatore della BBC, solo che per sua sfortuna eravamo noi a essere delle frane con quella lingua. Io avevo studiato francese, Chiara pure, mentre Silvia continuava a sostenere di essere in grado di leggerlo ma non di parlarlo. Non mi era mai stato chiaro come fosse possibile. Ma non tutti erano portati per le lingue, a quanto pareva.

Eravamo la prova vivente di uno dei più abusati luoghi comuni di sempre: quello degli italiani in vacanza all'estero, incapaci di farsi capire, se non a gesti. Il risultato al momento non era molto confortante.

Stavamo quasi per mollare quando arrivarono alla reception due ragazzi che chiacchieravano tra di loro in italiano. Miracolo! Chiara non si fece sfuggire l'occasione: sbatté le sue lunghe ciglia, si passò una mano tra i capelli rossi e si stampò in faccia il suo sorriso da combattimento. I poveretti non ebbero scampo.

«Anche voi italiani? Non è che potreste darci una mano?», chiese affabile.

I due, che erano solo venuti a prendere alcune mappe turistiche della zona, si avvicinarono prontamente. Un bel vedere, uno castano e l'altro sul biondo, ma un vedere inutile se non avessero parlato inglese.

«Sì. Bisogno d'aiuto?», le chiese il biondino, che era il più alto e atletico dei due. Le sorrise sornione e io roteai gli occhi mio malgrado. Ecco l'altro luogo comune, pensai, l'italiano "provolone".

«Cielo...», mi lasciai sfuggire con tono critico.

Chiara mi lanciò un'occhiataccia per farmi stare zitta.

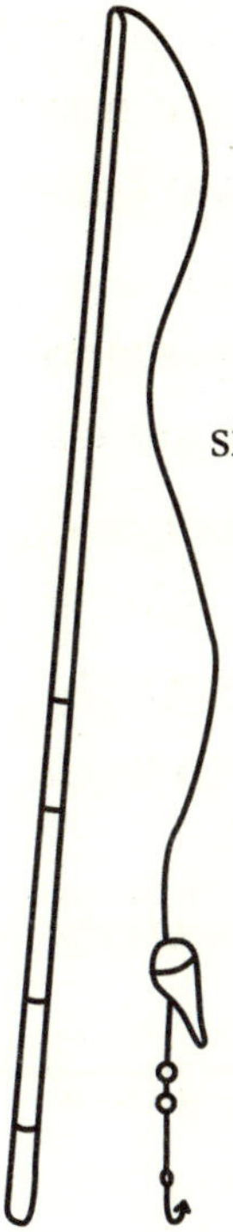

«Siamo disperate...», iniziò lei suadente.

«Disperate, adesso...», aggiunsi sottovoce, incapace di trattenermi.

Lei si schiarì la voce con impazienza. «Sì, siamo disperate, Sveva!», mi gridò. Ma si ricompose subito, guardando i due ragazzi. «Qualcuno di voi per caso parla inglese? Non riusciamo proprio a farci capire...».

Il biondo riccioluto saltò su. «Ma certo! Cosa dobbiamo chiedere?»

«Abbiamo dimenticato la prenotazione...», gli spiegò un po' imbarazzata.

«Vi ricordate almeno il numero?», chiese lui.

«Hmmm....», tentennò Chiara, che non amava ammettere le sue mancanze. A sua discolpa potevo testimoniare che di solito erano davvero molto poche.

«No, è chiaro che *non* ce lo ricordiamo», risposi io per lei, con un pizzico di irritazione malcelata nella voce. «Altrimenti non saremmo in questa situazione». E non ci voleva un genio per capirlo. Era bello al di là di ogni ragionevole dubbio, ma non sembrava un fulmine di intelligenza.

Lui non si mostrò per nulla colpito dal mio umore nero e, sempre con il solito tono tranquillo e sorriso persistente, si mise a parlare con il ragazzo dall'altra parte del bancone. Parevano quasi vecchi amiconi. La conversazione andò avanti per un bel po', tanto che io iniziai a picchiettare con le unghie sul bancone.

«Vi ricordate almeno con quale nome avete prenotato?», chiese il signor riccioli d'oro, rivolgendosi a Chiara.

La mia amica, invece di rispondere alla domanda piuttosto banale, impallidì ancora di più.

«E no! Non ci credo che non ti ricordi nemmeno questo!», le dissi arrabbiata sul serio.

Lei mi fissò con palese fastidio. «Ma certo che me lo ricorderei, avessi davvero compilato il campo dei nomi! Ma non era una cosa necessaria, tanto il sito diceva che bastava portare con sé il foglio con il numero di prenotazione. Sai com'è, si leggono in giro brutte cose sul furto dei dati personali. Ho preferito non inserire i nominativi», provò a giustificarsi, rossa in volto.

«Non ci credo. Davvero, non posso crederci...», borbottai sempre più disperata.

«Ok, niente panico», si mise di mezzo il biondino. «Magari il ragazzo riesce a trovarvi comunque un buco nel campeggio», e riprese a parlare in inglese per spiegargli la situazione.

Il ragazzo croato iniziò quindi a lavorare sul computer cercando e cercando.

E più lui cercava – e si imbronciava – più io mi demoralizzavo. Con evidente imbarazzo spiegò infine al nostro improvvisato traduttore la situazione.

«Dice che sono quasi pieni. E non sapendo qual è il vostro numero di prenotazione, non può darvi a caso un posto di quelli riservati», ci tradusse.

«Hai detto *quasi*», gli feci notare serissima.

«Ho detto *quasi*», ripeté lui, imitando l'enfasi della mia ultima parola, fissandomi con quei suoi occhi grigi. Seguì qualche istante di pausa durante la quale lui continuò a scrutarmi con quel suo mezzo sorriso dispettoso.

«Cosa bisogna fare per piazzare una tenda in questo campeggio?», chiesi determinata, senza interrompere il contatto visivo. Mai cedere in momenti simili.

«Niente di che...», rispose sibillino, sollevando un angolo delle sue labbra. Oggettivamente interessanti, mi toccò ammetterlo malvolentieri.

Chiara si fece di nuovo avanti e spezzò la magia del momento. «Siamo con le orecchie tese».

«Il campeggio è diviso in due zone: una per chi soggiorna con gli animali e una senza. C'è posto in quella con gli animali. Ma non vi dovete preoccupare, significa solo che accettano cani...», specificò sminuendo la cosa. Io spalancai gli occhi turbata. «Cani?», chiesi rivolta a Chiara.

Lei tentò di non reagire. «Sì, cani Sveva. Sono solo dei cani. Cosa vuoi che sia? Saranno di sicuro dei banali chihuahua», tentò di ragionare.

«I chihuahua sono ferocissimi», mi premurai di ricordarle. Silvia trattenne a stento una risata.

Chiara invece sbuffò spazientita. «A questo punto hai due sole possibilità: i cani oppure i sederi flaccidi!», mi disse alludendo al campeggio per nudisti. «Cosa scegli?». Tutti si voltarono a fissarmi con grande pathos. Persino il ragazzino, che non capiva nemmeno una parola, ma che ora seguiva non so come il battibecco.

Io mi presi due secondi per riflettere. Per una con

la fobia dei cani si trattava di una scelta molto ardua. Ma alla fine la ragione ebbe la meglio. «Cani, è ovvio», dissi cercando di mostrarmi sicura.

L'FKK era davvero una "non scelta".

«Ottimo!», esclamò Chiara. Poi si rivolse all'addetto.

«Room per noi tre? Yes? Con i bau bau?».

L'altro ebbe almeno il buon senso di non scoppiare a ridere. E non si trattò di qualcosa di facile...

Capitolo 3

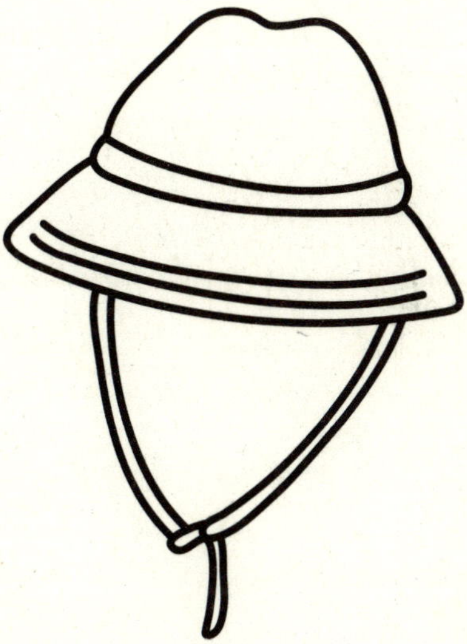

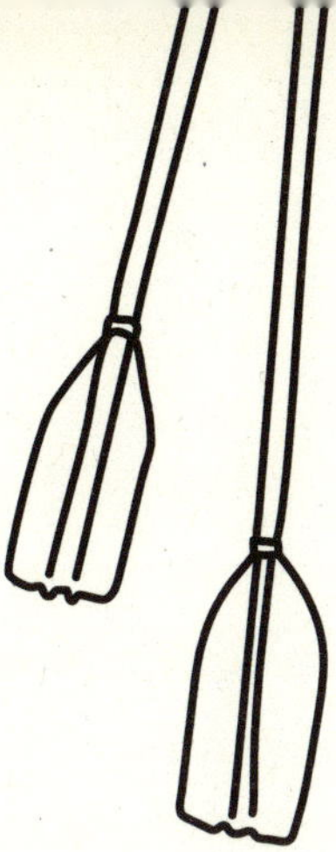

«Ma perché diavolo non abbiamo prenotato in un villaggio vacanze?», ripetei per la millesima volta, mentre ci apprestavamo a montare la tenda. Ormai stava calando il buio e di minuto in minuto vedevamo sempre meno. Non proprio l'ideale per tre che non avevano mai montato una tenda in vita loro.

«Perché questa è un'esperienza formativa», mi rispose Silvia, girando e rigirando il foglio delle istruzioni tra le mani. Il fatto che non avesse la più pallida idea di quale fosse il verso giusto non faceva presagire niente di buono.

«Questa è una tortura», feci presente loro.

«Basta lamentarsi, Sveva. Non capisco questo tuo atteggiamento...», mi riprese Chiara. «Una volta eri felice di affrontare le sfide».

«Sai com'è, mi è passata la voglia, alla luce delle ultime esperienze. E vorrei che la vita mi ripagasse dei torti subìti con un bell'albergo e un centro SPA collegato. Non chiedo mica molto!».

«Almeno i due tizi di prima erano carini», sorrise Silvia.

«Ma se sei fidanzata e ti sposi la prossima primavera!», le ricordai indignata.

«Mica lo dicevo per me. Tu sei single, no? Chiara pure». Con una piccolissima differenza: Chiara era una di quelle single fichissime sempre piene di appuntamenti e spasimanti, io invece facevo parte – seppure da poco, ma la permanenza già iniziava a farsi sentire – della categoria di quelle tristi, perché sole loro malgrado. La differenza era abissale.

«Io però intendo rimanerlo per i prossimi cinquant'anni...», la informai, mentre stavo lottando con la nostra prossima dimora regale. «Scusami Chiara, ma che razza di tenda è questa?», chiesi, osservando dubbiosa i vari strati.

«Una tenda qualsiasi. Sono andata in un negozio della solita catena di articoli sportivi, questa era per tre ed era in promozione. Mi è sembrata perfetta».

«Non è un po' spessa questa plastica?», chiesi

anche a Silvia, porgendole un lembo per farglielo toccare.

«E io cosa ne so di tende?», fu la sua risposta, dopo un attimo di riflessione.

«In effetti niente», le diedi ragione. «È che questa mi sembra una tenda adatta a temperature più rigide...».

Chiara mi bloccò velocemente. «Senti, basta lamentarsi! E i nudisti no, e i cani no, e la tenda no... Vuoi dormire all'aria aperta?», mi domandò con tono di sfida.

Vista l'ora era altamente probabile che le malefiche creature a quattro zampe fossero a spasso con i loro padroni, ma prima o poi sarebbero tornate. E mi avrebbero trovato. «No, voglio dormire in tenda», risposi convinta.

«Ottimo, allora montiamola finché si vede ancora qualcosa!».

Chiara prese in mano i pali flessibili mentre Silvia e io aprimmo per bene il telo. Infilare i due pali portanti non fu un'operazione semplice, ma in qualche modo portammo a compimento l'ardua impresa.

«Visto, era facile», disse tutta fiera Chiara.

«Non è mica finita», l'avvisò Silvia. «Qui c'è scritto che bisogna assicurare la tenda con i tiranti e i picchetti».

«E perché?», volle sapere l'altra dubbiosa.

«Vuoi forse vedere la tenda volare?», le chiese.

«Ma dove vuoi che vada con noi tre dentro...».

«In effetti non siamo proprio dei pesi piuma», mi toccò ammettere.

Silvia quasi si risentì della frase. «Ma cosa dite! Siamo perfette! Tu, Sveva, sei anche dimagrita quest'anno per arrivare in forma al matrimonio».

«Annullato il matrimonio, ho ripreso tutti i chili. E con gli interessi. Ho giustamente ritenuto che qualche etto in più fosse l'ultimo dei miei problemi», ammisi a bassa voce. Chiara si avvicinò alla macchina e iniziò a scaricare le valigie. «Chilo in più o in meno, rimane il fatto che questa tenda non volerà da nessun parte. Forza, è stata una giornata faticosa. Tiriamo fuori le nostre cose e poi andiamoci a fare un giro in spiaggia».

La prima idea buona che sentivo da moltissimo tempo.

«Ci sto», dissi subito. Anche perché, ogni tanto, attorno a noi si sentiva abbaiare e io non ero del tutto rilassata. Non desideravo rimanere in quel campeggio un secondo in più del necessario.

Silvia dovette quindi lasciar perdere i suoi tanto amati picchetti. «Se proprio insistete...», cedette. «Ma domani li montiamo!», disse decisa. La solita precisina...

«Certo, ma certo...», convenne Chiara. Era palese che riteneva la questione del tutto chiusa.

Così ci incamminammo lungo il sentiero tortuoso che conduceva sino alla spiaggia. Il sole stava quasi per tramontare e, immersa in quel silenzio, mi accorsi di sentirmi serena per la prima volta dopo molto, moltissimo tempo.

Non avevo mai sognato di trovarmi in una sauna prima di allora. Ambiente poco piacevole, questo era certo. Ma la sensazione di caldo assillante era talmente reale che persino da addormentata ero in parte cosciente che di lì a poco sarei stata costretta a saltare fuori dalle braccia di Morfeo. Quello che però mi svegliò del tutto fu una fastidiosissima sensazione di faccia umida – o per meglio dire bagnata – che pareva quasi tangibile.

Aprendo gli occhi, per prima cosa rimasi accecata dalla luce che aveva invaso la nostra piccola tenda, ma lo stordimento durò solo qualche secondo. L'ambiente era talmente caldo e l'aria così irrespirabile che c'era da stupirsi che fossimo ancora vive. E quella non era la cosa peggiore: c'era infatti qualcosa di molto peloso che mi sovrastava e, non contento, mi leccava. Una lingua lunga, certamente non umana, continuava a spennellare il mio volto con estrema precisione. Pareva concentratissima a non farsi sfuggire un solo centimetro quadrato della mia pelle. Dio, ma cos'era, un vitello?

Emisi un urlo feroce saltando lontano dal materassino. Quello che scoprii essere un grande cane peloso indietreggiò spaventato, guardandomi con un'espressione stupita e quasi offesa. Vuoi vedere che adesso ero io a essere dalla parte del torto?

Chiara e Silvia si svegliarono immediatamente, fissando anche loro lo spettacolo.

«Cosa diavolo urli?», mi chiese arrabbiata Chiara, stropicciandosi gli occhi.

«Quello è un cane!», le feci notare terrorizzata.

«Indubbiamente», ebbe il buon senso di ammettere.

«Quindi?»

«Come, quindi? C'è uno stramaledetto cane gigante nella nostra tenda! E mi stava leccando la faccia!», protestai con veemenza. Possibile che solo a me la scena risultasse inquietante?

Silvia cercò di calmarmi. «È solo un cane...», provò a dire con voce serena.

«Ma stava leccando *me*!», le feci presente.

Chiara sbuffò al mio fianco. «È un golden retriever. La razza più buona sulla faccia della terra, non farebbe del male a una mosca. E questo è anche un magnifico esemplare. Vieni qui bello...», osò persino chiamarlo, allungandogli la mano per farsi annusare.

Il cane, ancora spaventato dal mio grido di poco prima, rimase però immobile all'ingresso della tenda, indeciso se avvicinarsi o meno.

Bravo, rimani pure lì dove sei...

«Visto, è spaventato», mi disse Silvia. «Prova a farti vedere dolce».

«Ma che dolce e dolce! Qui sono io quella spaventata!». In quell'istante sentimmo uno strano rumore provenire da fuori. Qualcuno, questa volta umano, si stava avvicinando alla nostra umile dimora. «Rex, Rex...», chiamò una profonda voce maschile.

Ma il cane non si mosse. «O questo non è Rex, oppure è un cane che non ascolta», dissi arrabbiata. Il quadrupede effettivamente sembrò riconoscere il nome e la voce, ma rimase davanti a noi con le grosse zampe ben piantate per terra.

«Rex!», ripeté ancora una volta l'uomo, alzando leggermente la voce, ma cercando di non disturbare tutto il campeggio. Troppo tardi, il suo cane ormai l'aveva combinata grossa.

A quel punto strisciai fuori dalla tenda, decisa ad affrontare il padrone che aveva osato far scappare la belva venuta a turbare il mio sonno. Ok, il mio sonno era stato in buona parte rovinato dal fatto che la nostra tenda – evidentemente invernale e solo per questo in promozione ad agosto – mi aveva fatto sudare peggio di una tuta termica, ma quel piccolo particolare il malaugurato padrone non poteva conoscerlo.

Il cane ebbe il buon senso di scostarsi per farmi passare, notando il mio volto alquanto battagliero. Strisciai fuori con molta poca grazia, mi sollevai da terra cercando di ignorare il fatto che fossi tutta sudata e in baby doll, e mi trovai a fissare due occhi grigi non proprio sconosciuti.

«Ah...», dissi rabbiosa, incrociando le braccia sul petto con fare belligerante. Una posizione piuttosto naturale che mi riusciva bene sin dalla culla.

«Sveva!», esclamò il ragazzo biondo e riccioluto della sera prima. Sembrava quasi sollevato che si trattasse di me. Povero illuso, non aveva la più pallida idea di cosa lo attendesse.

«È tuo questo *coso* feroce?», gli chiesi, indicando il cane, che ora sedeva immobile, agitando felice la coda. Ok, in quel momento davvero non sembrava molto aggressivo.

Al padrone scappò una risata. «Rex, feroce?», mi

disse divertito. «Ma se non farebbe male a una mosca!», ripeté le stesse identiche parole di Chiara. Ormai pareva una congiura.

«Sì, sì, voi padroni di cani dite sempre questa frase! E poi chissà come mai i vostri animali si trasformano in autentiche belve. La vedi questa cicatrice che ho sul braccio?», gli chiesi mettendogliela sotto il naso, chiaramente intenzionata a fare polemica. «Procurata da uno di quei cani che non avrebbero mai fatto male a una mosca! Mi hanno anche messo cinque punti!», puntualizzai. Il numero mi sembrava tutt'altro che trascurabile per fargli comprendere a pieno la mia triste vicenda.

«Mi spiace per la tua terribile avventura. Una cosa recente?», chiese lui, fingendosi interessato. Ah, quindi il soggetto non era proprio stupido come mi era parso ieri!

«Oltre vent'anni fa. Ma me lo ricordo ancora come se fosse ieri», cercai di rispondere in maniera dignitosa.

Lui si passò una mano sul mento. «Be', questo è evidente», commentò ironico. «E che cane era?»

«Non lo so, era piccolo e peloso. E dannatamente feroce». Rabbrividii quasi al ricordo.

«Ti svelerò un segreto, Sveva: più i cani sono grandi e più sono innocui», ribatté lui convinto.

«Chiaro, ed è per questo che mettono i dobermann a protezione delle case: perché sono piccoli...», replicai sarcastica. «E comunque smettila di usare con tutta questa libertà il mio nome! Non so nemmeno chi sei!».

Lui sorrise, e quegli occhi così particolari si illuminarono.

«Hai ragione, sono stato imperdonabile ieri. Sono Federico», mi disse porgendomi la mano, come se fosse davvero felice di fare la mia conoscenza. Io al suo posto non lo sarei stata.

Fissai la mano per qualche istante, risalendo poi con il mio sguardo sul suo braccio muscoloso e abbronzato.

«Sveva», dissi quasi controvoglia, stringendogli la mano. Se si accorse del mio tentennamento non lo diede a vedere. Aveva una stretta sicura e decisa, ma non di quelle che stritolano. Era un uomo che dava l'impressione di saper calibrare la forza con grazia.

«Piacere Sveva», disse lui, sebbene conoscesse perfettamente il mio nome. «E quindi Rex ti ha tirato giù dal letto?»

«Quale letto? Al massimo un materassino. Comunque sì, non il migliore dei risvegli...», risposi sospirando. Mi spiaceva ammetterlo, ma Federico sapeva trattare le persone e metterle a proprio agio. Io mi ero ammorbidita nel giro di due minuti. Non proprio una cosa di cui andare fiera, vista la mia reputazione.

«Sono davvero desolato, è scappato dal camper», mi spiegò lui, indicando la loro dimora che si trovava a una cinquantina di metri di distanza dalla nostra tenda.

«Beati voi che non dormite per terra», mi sfuggì. I materassini che avevamo portato da casa non erano del tutto riusciti ad attutire la sensazione di dormire per terra. Che è dannatamente dura, nel caso qualcuno avesse ancora dei dubbi e volesse evitarsi un'esperienza diretta.

«In tenda è più divertente. Più avventuroso», cercò di consolarmi.

«Non in una tenda invernale», puntualizzai molto dubbiosa. «E poi avrei di gran lunga preferito un letto vero. O almeno qualcosa che ci si avvicinasse. Il materassino da campeggio non risponde a questo requisito».

«E allora, come mai sei qui? Voglio dire, nessuna di voi mi è sembrata a una prima occhiata una fanatica del campeggio...». Non ci voleva mica un osservatore acuto per capire che lì eravamo fuori posto come un pinguino ai tropici.

«E a proposito di tenda, dovreste davvero metterla in sicurezza con dei picchetti», aggiunse, spostando lo sguardo oltre le mie spalle. Adesso ci si metteva anche lui?

«Sì, lo faremo con tutta calma. Anche se non capisco a cosa servano: il tempo è splendido, non c'è nemmeno una nuvola in cielo e non si muove una foglia».

Federico rimase a fissarmi per qualche secondo, in dubbio se parlare o tacere. Purtroppo per lui scelse la prima opzione. E poi dicono che gli uomini sono esseri silenziosi... Ma quando mai?

«A quest'ora è difficile che il vento si sia già alzato. Ma al mare le tempeste possono arrivare all'improvviso, e non bisogna prenderle sotto gamba. Senza contare che questa parte dell'isola di Krk è nota per la bora...».

«Senti, Federico, sei molto carino a preoccuparti per noi. Ma non ce n'è bisogno: qui non cadrà una goccia di pioggia e se anche dovesse succedere, saremo preparate. Sono stata scout da ragazza». Pensai che con quelle parole magiche me ne sarei liberata.

Lui non riuscì a nascondere del tutto la sua perplessità.

«Scout?», ripeté come se non fosse sicuro di aver capito bene.

Perché diavolo lo trovava così strano?

«Sì, *scout*», enfatizzai la parola con uno sguardo che lo invitava a non indagare oltre. Lui colse il significato dell'occhiataccia e decise di lasciar perdere.

«Ok...», disse massaggiandosi dubbioso la mascella, sulla quale nella notte era spuntato un accenno di barba. Avrebbe dovuto risultare disordinato, invece aveva un che di incredibilmente virile. Il mio sguardo si spostò poi sulla sua maglietta azzurra un po' lisa, che accentuava, se possibile, due spalle notevoli e bicipiti ben scolpiti.

Claudio odiava i palestrati. E quindi in teoria ero stata costretta a odiarli anch'io per ordini superiori di partito. Certo, considerando l'uomo

che mi stava di fronte, forse il mio schieramento politico non era stato poi così azzeccato! Il fanciullo aveva tutta l'aria di essere uno di quelli capaci di sollevare le tue valigie senza alcun problema. Per la cronaca, Claudio aveva sempre trovato le mie troppo pesanti per la sua povera schiena e aveva lasciato a me l'ingrato compito. Non solo futura separazione dei beni, ma anche immediata separazione delle valigie. Per fortuna in Italia era estremamente normale cambiare bandiera politica, motivo per cui stavo seriamente prendendo in considerazione di chiedere una nuova tessera.

«Be', mi spiace per l'inconveniente con Rex. Non so davvero come scusarmi. Magari potrei offrirti la colazione in qualche posto qui vicino, se ti va», mi propose, osservandomi con sguardo stranamente speranzoso.

Io lo fissai quasi inebetita. Ma dico, ci stava davvero provando con me? Con una mano toccai i miei capelli scompigliati e sudati, ben cosciente di quanto poco attraente apparissi in questo momento della giornata (mai stata una persona molto mattiniera) e poi mi concentrai su di lui, che in pantaloncini e maglietta sembrava invece una specie di adone abbronzato, appena sceso dalla tavola da surf. Questo tizio doveva avere dei gravi problemi di vista. Non aveva mai sentito parlare delle lenti a contatto?

«Ti ringrazio, ma non c'è bisogno. Al massimo puoi provare a tenere il tuo cane lontano dalla mia faccia...».

Lui scoppiò a ridere come se la trovasse una battuta esilarante. Davvero non mi era chiaro che diavolo fumasse appena sveglio.

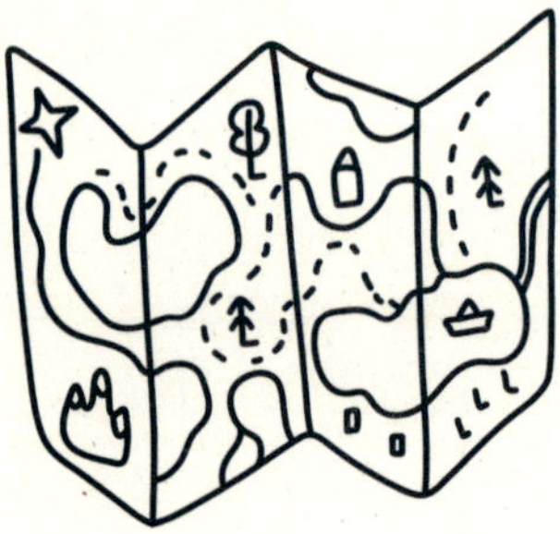

«Be', allora vado. Ma se doveste avere bisogno di qualcosa io e il mio amico Max siamo in quel camper là in fondo. E siamo a vostra disposizione», si affrettò a specificare.

«Sì, grazie», gli risposi solo cercando di porre freno a quella conversazione. Iniziavo a sentirmi strana a forza di fissarlo e la sensazione non mi piaceva per niente.

Lui alzò una mano in segno di saluto, prese Rex per il collare e si incamminò in direzione del camper.

Capitolo 4

Come se la tenda non fosse già stata un'esperienza sufficientemente logorante, Chiara aveva deciso che in questa vacanza avremmo toccato il fondo. E proprio in senso letterale.

«Mi scusi, vorrei sapere se è possibile affittare una barca per qualche ora», chiese la mia amica all'annoiato uomo che ci stava di fronte. Stava sfogliando una specie di giornale scandalistico con scritte in colori vistosi e faceva finta di non vederci. Al suo posto forse avrei fatto lo stesso.

«È inutile, Chiara. Il signore non capisce...», provai a farla desistere dalla folle idea. Prima o poi tutta questa sua voglia di avventura avrebbe finito per ritorcersi contro di noi.

«Sì che capisco...», ci rispose a sorpresa, in italiano, senza mai staccare gli occhi dal giornale. Provai a spostarmi in avanti per capire cosa avesse attirato a tal punto la sua attenzione. A quanto pareva, era un grande fan di Angelina e Brad. Non riuscivo a decidere se la cosa fosse rassicurante o invece inquietante, ma forse propendevo più per l'ultima ipotesi.

«Vorremmo affittare una barca per tre ore circa», insistette Chiara.

Questa volta il fanatico di Brangelina alzò gli occhi su di noi. L'espressione era cupa. «Oggi?», chiese un po' stupito.

«Be', sì...», mi venne da rispondere in maniera istintiva. Ma forse la frase giusta sarebbe stata "perché non oggi?".

«Contente voi...», borbottò lui e ci indicò un molo a cui erano legate una serie di barche. «Prendete la numero uno. Sono trecento kune. In anticipo, grazie».

Chiara gli porse i soldi dopo averli attentamente contati. Lui li prese, sempre disinteressato e di nuovo rapito dalla sua rivista. Ci incamminammo quindi in direzione del molo, fermandoci di fronte alla nostra barca.

«Lo so che avrei dovuto porre questa domanda

ben prima, ma oggi non sono molto in forma, motivo per cui l'ovvio mi tormenta solo adesso: chi diavolo guiderà questa barca?», domandai dubbiosa. Io di certo no. «E il tizio non avrebbe dovuto accertarsi che almeno una di noi avesse la più pallida idea di cosa stavamo per fare?»

«Silvia ha la patente nautica», rispose Chiara con la solita determinazione.

Mi voltai in direzione del nostro capitano. «Ma va? Non lo sapevo mica...».

Lei arrossì imbarazzata. «Sì, be'... l'ho presa perché mio padre insisteva tanto. Ma non è che l'abbia mai usata molto. Non posso mica essere esperta in tutto quello che avrebbe voluto papà. Voglio dire, nella lista delle cose che *teoricamente* so fare, manca solo il brevetto di volo e la patente per i carri armati, e poi siamo al completo. E per la cronaca, al brevetto di volo mi sono pericolosamente avvicinata prima di scoprire che avevo un'insuperabile terrore delle altezze».

«Poco male. Tanto in Italia nemmeno ti serve la patente nautica per guidare uno di questi cosi. Andrà lento come una lumaca», liquidò la questione Chiara, salendo sulla barca con un salto deciso. In effetti si trattava di un modello piuttosto semplice in vetroresina bianco, di pochi metri e con pochi cavalli. Ben quattro, a giudicare dalla scritta sul motore.

«Ma che razza di motore è questo? Tomos? E che marca sarebbe?», osai manifestare i miei dubbi.

«Cosa sei, la massima esperta mondiale in motori da barca? È un motore. Punto. Che ce ne frega del resto, Sveva...», rispose spazientita.

«Secondo voi la chiave è qui da qualche parte?», chiesi dopo che Silvia e io fummo salite. Di barche non ne capivo proprio niente, ma fino a prova contraria qualsiasi cosa dotata di un motore doveva avere una chiave d'accensione e lì non ce n'era traccia.

«Ho come il sospetto che questo si accenda senza chiave...», sussurrò preoccupata Silvia.

«E in che modo?», domandò Chiara un po' confusa.

«Vedi quella specie di maniglia lì in alto? Quella si tira».

«Facilissimo allora! Basta tirare!», disse tutta allegra. Si avvicinò al motore, inspirò in profondità e tirò la manopola. Che chiaramente non si mosse.

Se avessi dovuto scommettere, credo proprio che avrei puntato su un bel nulla di fatto. «Ma è incollata?», si lamentò Chiara, riprovandoci subito e ottenendo un risultato di poco migliore al primo tentativo: questa volta la leva si mosse, ma solo di qualche centimetro. Di questo passo per il 2030 forse, e dico forse, saremmo riuscite ad accenderlo. Non che il rimanere con i piedi ben piantati per terra fosse una cosa tanto spiacevole...

«Ah ah, siete fuori di testa se pensate che una di noi possa tirare quell'affare con abbastanza forza da riuscire ad accenderlo». Cercai di rendere chiaro anche a loro quello che invece a me era sembrato piuttosto lampante sin dal primo momento. Chi aveva progettato quel motore non mirava allo *user friendly*.

«Chiara, spostati e lascia provare a me», si fece avanti Silvia, che pure un secondo prima non mi sembrava così allegra all'idea di pilotare il mezzo. L'altra non se lo fece dire due volte e cedette subito la postazione privilegiata. Silvia afferrò con decisione la leva, poi si concentrò a lungo senza mai staccare gli occhi e tirò come una dannata. E per la prima volta ci rendemmo conto di quanto fosse davvero lunga la corda dell'accensione. Infinita. Il motore fece una specie di rauco singhiozzo che non prometteva niente di buono. Perché diavolo i costruttori avevano deciso di fare a meno della chiave e del volante?

«La spalla! La mia spalla!», si mise a gridare Silvia, saltando dolorante. «Questo maledetto affare mi ha quasi fatto slogare una spalla!».

Lo so che non avrei dovuto, ma fu più forte di me: scoppiai a ridere a crepapelle. Speravo per il loro bene che quella specie di gag fosse organizzata. Avevano delle notevoli doti di intrattenimento.

«Ma cosa ridi tu?», mi guardò torva Silvia. «Prova un po' a tirare, invece che sghignazzare!».

«Nemmeno morta. Perché diavolo dovrei slogarmi anch'io una spalla, quando non sono nemmeno d'accordo con questa ideona della gita? Vi ricordo che venendo qui siamo passate per una splendida spiaggia che avrebbe fatto al caso nostro...».

«Gremita di gente», si lamentò Chiara.

«Eh be'? Noi adesso siamo diventate delle eremite?»

«Ma andare in spiaggia è banale! È una cosa che avresti potuto fare durante il tuo viaggio di nozze. Invece noi vogliamo qualcosa di più per te. Vogliamo che questa sia un'esperienza diversa...», ammise infine Chiara. E in quel momento capii il senso di tutto, della tenda, della barca e del loro sforzarsi. E per poco non scoppiai in lacrime dalla commozione.

«Ok, mi è chiaro», dissi con occhi piuttosto lucidi. «Ecco perché vedrò di accendere questo motore per voi. Spostatevi entrambe».

«Non tirare troppo forte, Sveva. Davvero, ti conviene fare attenzione», si raccomandò Silvia.

Ma ormai era diventata una sfida. E io, che di norma non ero una che amava mettersi in gioco, in quel momento avevo capito quanto davvero il tiro mancino di Claudio mi avesse cambiato. Per la maggior parte si trattava di novità non proprio positive – in fondo riconoscevo persino io di essere diventata acida, nervosa e sempre sospettosa – ma c'erano anche degli insperati risvolti positivi. Una volta avrei mollato senza nemmeno provarci. Ora ero decisa ad accendere quel motore, a tutti i costi. Ecco perché tirai, desiderosa di dimostrare qualcosa a me stessa, e stranamente ci riuscii. Il motore ruggì con sorprendente forza, visto che si trattava pur sempre di un quattro cavalli, e finalmente dopo qualche secondo interminabile decise di piegarsi al nostro volere, accendendosi.

«Oddio! Ma questo coso ha la marcia inserita!», iniziò a gridare Silvia, non facendomi godere affatto la sensazione di vittoria, che invece mi sarei meritata di gustare. In fondo avevo quasi sacrificato una spalla in nome di quella miracolosa accensione.

Sollevai gli occhi dal motore per notare che in effetti la barca stava procedendo senza una chiara meta. «Prendi il controllo di questo motore!», iniziai a gridare, temendo che finissimo per incagliarci a riva. Spinsi la manopola verso di lei, con il risultato che la barca fece un mezzo giro. Ma al contrario, rispetto alla direzione che avevo dato al motore!

«Ma cosa lo prendo a fare se non ci capisco niente!», fu la sua pronta risposta. Toccò molto titubante la manopola, come se non sapesse bene cosa farci.

«Che razza di patente nautica hai preso?», le chiese Chiara, che per la prima volta da quanto eravamo partite per la vacanza ebbe il buon senso di mostrarsi preoccupata.

«Una che ti permette di guidare barche con grossi motori dove schiacci un tasto per l'accensione, dove esiste un volante e soprattutto dove la barca ha anche una frizione che ti permette di non essere subito in marcia!», borbottò risentita. «Senza contare che io non guido quasi mai! Cosa mi sono fidanzata a fare se poi mi tocca sporcarmi le mani?».

Se il momento fosse stato un po' meno critico, sarei scoppiata a ridere e sarei andata avanti per un bel po'.

«Ammazza fanciulla, schiere di valorose suffragette si staranno rivoltando nella tomba», la riprese Chiara, avvicinandosi a noi due e mettendo coraggiosamente la mano sulla manopola. «Be', non può essere così complicato. Giri la manopola a destra e la barca va a...». E si interruppe perplessa. «Perché diavolo gira a sinistra? Perché complicare una cosa all'apparenza tanto semplice?»

«Un po' di logica, ragazze: giri l'elica in un senso e la barca si muove chiaramente nell'altro», cercai di spiegare loro.

«Sei un arredatore d'interni, come fai a sapere una cosa simile?», si meravigliò Silvia.

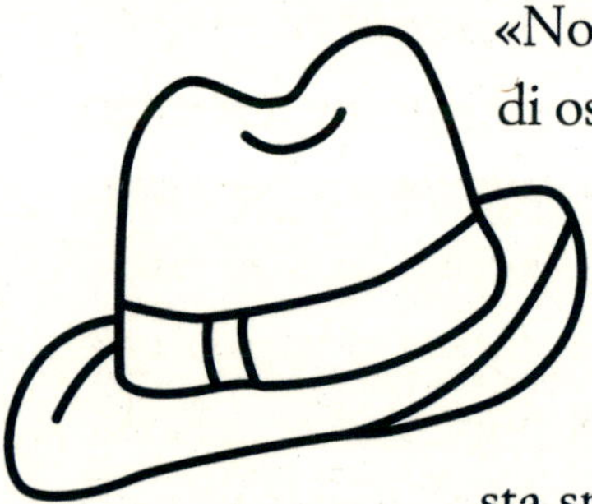

«Non lo sapevo, infatti, prima di osservare il motore. Ma ora lo so! Quindi Chiara, vedi di girare nel senso contrario e andiamocene da qui una volta per tutte. Dov'è questa spiaggia che tanto mi avevate descritto?».

Silvia indicò un punto non precisato oltre la montagna che delimitava la zona cittadina di Baška. «Lì dietro!».

Chiara diede gas, sempre che fosse effettivamente possibile su un motore tanto limitato. «Tenetevi forte perché io amo andare veloce!».

Mi sfuggì un sorriso. «Questa non è velocità. Se fossimo in autostrada, invece che in mare, ci supererebbero tutti strombazzando».

«Sfotti pure cara. Ma lo so che ti stai divertendo. Te lo leggo negli occhi!».

Alzai le mani in segno di resa. «In effetti...», risi vedendole così allegre.

La navigazione non fu lunghissima – circa un quarto d'ora – perché convenimmo che la prima spiaggia libera sarebbe stata più che sufficiente per testare il nostro senso d'avventura piuttosto limitato.

«E ora come si fa?», chiese a Silvia, che forse non era la regina della pratica, ma in quanto a teoria non era seconda a nessuno.

«Ti avvicini rallentando, spegni un bel po' prima e poi vediamo di buttare l'àncora».

«La che?», chiese Chiara quasi indignata. «E dove la troviamo un'àncora?»

«Immagino che ce l'abbiano lasciata in dotazione...», rispose Silvia come se niente fosse, guardandosi in giro alla ricerca di qualcosa che avrebbe potuto assomigliarvi.

«Sveva, renditi utile e vedi se trovi qualcosa lì sotto», mi pregò Chiara, indicando la stiva. Che aveva un aspetto piuttosto sporco.

«Ma stai scherzando? Io non metto le mani qui dentro...», rabbrividii alla sola idea. «Credo che l'ultima volta che questo orrore sia stato pulito fosse prima della nascita di Cristo».

«Sveva...», pronunciò il mio nome con la giusta dose di minaccia. Il suo tono da insegnante faceva sempre molta presa su di me.

«E va bene! Ma se morirò per l'ebola oppure per il tetano – cosa altamente probabile visto che mi sono vaccinata l'ultima volta al liceo, una vita fa – poi lo spiegherete voi ai miei...».

«I tuoi sono persone pratiche. Se ne farebbero una ragione». Il brutto era che lo sospettavo anch'io.

Sospirai rassegnata e mi misi a quattro zampe per meglio ispezionare la parte dove erano stipati oggetti piuttosto strani. «E questo cosa diavolo potrebbe essere?», mi rivolsi alle mie due amiche estraendo una specie di piccolo cilindro con punta in ferro.

«Una candela», fu la pronta risposta di Silvia. «Per il motore», precisò subito dopo, osservando i nostri volti interrogativi.

«Cielo, speriamo davvero che quel coso non ci serva mai...», pregò Chiara pensierosa.

«Anche perché non sapremmo davvero dove inserire una candela», aggiunsi in fretta, prima che quelle due si facessero venire in mentre altre strane idee. A furia di ravanare avevo però trovato qualcosa che sospettavo potesse essere il nostro Graal.

«Ah!», esclamai con grande soddisfazione. «Indovinate un po'...».

«Un'àncora!», aveva gridato di gioia Silvia.

«Quella?», era stata la dubbiosa risposta di Chiara.

«Un po' di fantasia, fanciulla. Questo affare si apre così...», cercai di spiegarle facendo rotolare una specie di malefica rotella. «Tecnicamente dovrebbe aprirsi», la rassicurai.

«Hmmm», fu il commento di Chiara di fronte alla mia evidente difficoltà. Ma ormai era diventata una questione di vita o di morte – sì, tendevo a interessarmi a cause piuttosto futili da quanto ero stata piantata – ed ero intenzionata ad aprire quell'àncora da sola. In futuro avrei fatto in modo di appassionarmi a qualcosa di realmente degno, ma per quel giorno l'àncora sarebbe dovuta bastare.

«Eccola!», gioii senza ritegno, sollevando il mio capolavoro in alto.

«Brava, adesso stai lì ferma finché non ci avviciniamo a riva e quanto ti darò il segnale vedi di lanciarla».

Se non fosse che il dire era molto più semplice del fare, specie per una che non aveva mai lanciato un oggetto simile in vita sua. Quando Chiara mi diede il via libera, io afferrai decisa l'àncora, la feci roteare come un lazzo, come avevo visto fare nei film western, e la scaraventai in mare. Ringraziando il cielo Silvia era una donna dai riflessi pronti, perché si scostò appena in tempo per evitare di essere presa in pieno. Hmmm. Fossi stata in loro, in futuro avrei evitato a qualunque costo di consegnarmi di nuovo un'arma simile. Non che di solito fossi sanguinaria, ma la decapitazione per mezzo di àncora rischiava di rivelarsi uno dei pochi sport in cui potevo eccellere. Stranezze della vita.

«Che lancio...», esclamò stupefatta Silvia, che per fortuna non aveva preso il mio tentativo di omicidio come qualcosa di personale. Sempre pensato che fosse una donna maledettamente intelligente.

«Ricordami di non darti mai più un'àncora in mano», borbottò Chiara, meno incline al perdono.

«E non ho nemmeno messo in pericolo la tua, di testa», provai a scherzare.

«Ok gente, queste sono le regole per il futuro: Sveva non tocca più niente di pericoloso», diede istruzioni mentre spegneva il motore. Silvia fece un salto nell'acqua ormai poco profonda e fermò del tutto la barca, che aveva già di molto rallentato grazie a Chiara e alla mia meravigliosa àncora.

«Oggetti apparentemente innocui si trasformano in veri e proprio pericoli quando c'è lei di mezzo», rise Silvia, porgendomi la mano per farmi scendere. E visto che mi stavano prendendo in giro in maniera piuttosto crudele, decisi di fare a meno del loro aiuto. Così feci un saltello, planando in mare con sufficiente grazia da essere soddisfatta di me stessa. Fu il resto a far precipitare gli eventi.

Per quanto non sembrasse, il fondo di quel meraviglioso mare cristallino era non solo gelido come se fossimo finite in Islanda, ma anche scivoloso peggio del pavimento di casa, dopo che mia madre vi aveva rovesciato un intero flacone di cera. Avvenimento che si verificava spesso, perché in genere mia madre non badava a spese quando si trattava di farci pattinare sul marmo.

«Arghhh!», riuscii solo a pronunciare, presa alla sprovvista.

«E brava Sveva che ha inaugurato la stagione dei bagni!», si complimentò Silvia.

«Quest'acqua è ghiacciata! Cosa ne è stato del meraviglioso mare caldo che mi avete promesso?»

«Io ho detto cristallino. Non caldo», si affrettò a precisare Chiara, che era invece scesa senza alcun problema apparente. E che in effetti aveva pure ragione. «Devi stare attenta ai fondali melmosi. Si scivola», mi punzecchiò.

«Ma noooo, chi l'avrebbe detto?», risposi sarcastica. Mi trascinai fuori dall'acqua e mi accasciai sulla spiaggia sassosa, quando un terribile essere peloso mi assaltò da dietro la schiena. E questa volta il mio urlo fu uno di quelli che avrebbero di certo sentito anche al centro della Terra.

«Rex! Rex!», sentii urlare. Cooosa? Ancora Rex? Passato lo spavento, cercai di liberarmi della belva festosa, che per qualche motivo a me del tutto sconosciuto, riteneva che slinguazzarmi fosse un passatempo socialmente accettabile. «Rex, smettila immediatamente!», gli intimai con voce piuttosto dura. A forza di incontri ravvicinati del terzo tipo, stavo iniziando quasi ad abituarmi a lui.

E come d'incanto il malefico cane si staccò da me e

si mise seduto, osservandomi dubbioso e non capendo cosa avesse fatto di male. Girò la testa di lato, sbattendo quelle sue lunghe ciglia canine. Da chi aveva imparato a farlo, dal suo padrone? E così come ero costretta ad ammettere, almeno con me stessa, che Federico fosse *oggettivamente* un bell'uomo, nemmeno il suo cane era da meno. Non che la cosa fosse sorprendente... Voglio dire, i belli scelgono sempre i belli.

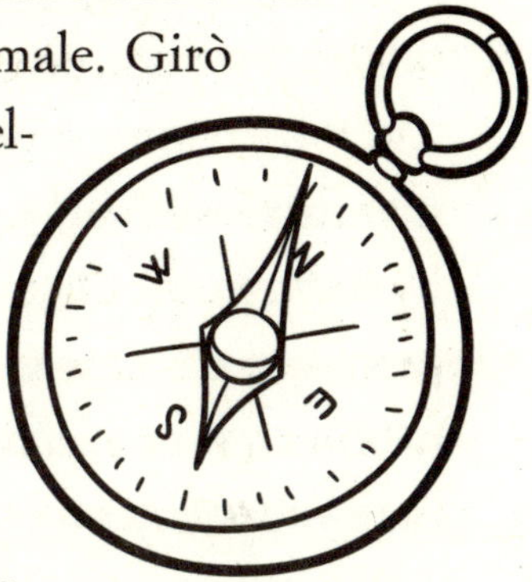

Era ovvio che cane e padrone fossero fatti della stessa pasta.

Federico ci raggiunse un secondo dopo. «Oddio, mi spiace!», esordì con poco fiato. Aveva davvero corso come un matto per raggiungermi.

Io, sempre bagnata e sempre seduta sugli scomodi sassi, sollevai lo sguardo e mio malgrado non riuscii nemmeno ad arrabbiarmi. «Tutto a posto. Una volta intuito che si trattava di lui, ho capito che non ero poi in chissà quale pericolo...».

Lui si inginocchiò di fronte a me. «Davvero non capisco come mai Rex ce l'abbia così tanto con te.

Pare che si sia preso una bella sbandata», rise, notando che non ero troppo adirata.

«Be', provoco almeno qualche effetto sui cani. Meglio di niente...», provai a scherzare.

Federico mi osservò un po' a disagio. «Ha buon gusto, questo è poco ma sicuro».

«Per cortesia, niente frasi banali. È stata una giornata sufficientemente difficile».

Lui mi sorrise bonario. «Vedo che fai parte della categoria che non sa accettare i complimenti».

Fissai a lungo quei suoi occhi grigi, che alla luce del sole assumevano una sfumatura di azzurro, indecisa se essere schietta o fare finta di niente. Una volta avrei cambiato argomento. Una volta, appunto.

«Consiglio amichevole: su questa isola pare essere in vacanza mezza Italia. Puoi trovare molto, ma molto di meglio. C'è abbondanza, non penuria. Non devi mangiare per forza broccoli. È pieno di carbonare».

Lui sbatté gli occhi incredulo e poi scoppiò a ridere davvero divertito.

Cercai quindi di schiarire la voce e mi feci seria prima di proseguire. «Anche perché io ho qualche conto in sospeso con il tuo genere. Si tratta di un conto talmente lungo che devo ancora calcolare il totale. Davvero, non ti conviene rimanere qui ad attendere il cameriere con lo scontrino».

«Il mio genere?», chiese per nulla spaventato dalle mie parole.

«Quello maschile», precisai.

«Ah, quindi non ce l'hai con me in quanto tale. Te la prendi direttamente con tutti gli uomini...».

«Sì, be', so che si tratta di una decisione non molto razionale...».

«Per carità Sveva, avrai le tue ragioni», mi prese un po' in giro.

«Ecco, appunto! Ho le mie sacrosante ragioni! Sono stata piantata sull'altare!», mi lasciai sfuggire prima di aver avuto il tempo necessario per riflettere.

Lui mi guardò incuriosito. «Proprio *sull'*altare?», volle sapere. Bastardo.

«No», dovetti ammettere. «Qualche giorno prima».

«Quanti?», chiese come se nulla fosse. Stavo iniziando a rimpiangere caldamente il fatto che non fosse almeno un po' stupido.

«Due mesi! Ok, mi ha piantato due mesi prima del fatidico giorno! Ma ormai avevamo già mandato le partecipazioni», cercai di fargli presente, sperando di convincerlo della mia causa.

«Ahha, quindi non è problema di cuore, quanto della figura che ti ha fatto fare davanti agli altri», concluse lapidario.

«Bravo!», si sentì dire da Chiara, che armeggiava con la corda per legare la barca, cercando da un bel po' un sasso adatto. Lo stava poi cercando davvero oppure era solo un modo per spiare la nostra conversazione? «Anch'io penso che ne sia uscita più ferita nell'onore che nel cuore».

«Grazie, sentivo proprio il bisogno del tuo fondamentale contributo».

«Anch'io appoggio la loro tesi», ci si mise pure Silvia.

«Traditrice!», le gridai indignata. «Almeno tu, in quanto futura sposina, dovresti essere sensibile alle mie pene».

«Ma lo sono davvero! Tuttavia, mi pare tanto un peccato lasciarsi scappare Federico...», rispose schietta.

Io aprii la bocca indignata, mentre lui sorrise con una tale naturalezza che mi sembrava davvero impossibile che stesse fingendo.

«Vero!», urlò Chiara qualche metro in lontananza. Se non altro sembrava aver finalmente trovato una roccia in grado di soddisfarla. Non era un fidanzato, ma era pur sempre un inizio.

«Vedi, le tue amiche sono d'accordo con me. Dovresti darmi una possibilità. Una seria», tornò alla carica, passandosi una mano tra quei ricci biondo scuro. E pensare che io avevo sempre avuto una passione per i ricci, tanto da sopportare orribili torture cinesi pur di far prendere una qualche forma ai miei piattissimi capelli, nel corso degli anni.

Ero sul punto di cedere quando mi ricordai che, se non ero riuscita a tenermi un cialtrone nemmeno troppo attraente, di certo non avrei mai avuto speranze con un adone simile. Ero davvero pronta a fare la fine di un gatto in autostrada? Non tanto...

«Sei davvero molto gentile. E non posso dire che il mio ego non ne esca un tantino rafforzato, ma davvero, credo che sarebbe meglio lasciare le cose così come stanno», gli dissi sincera.

E lui parve comprenderlo e accettarlo, perché sospirò e si rialzò, costringendomi ad allungare il collo per vederlo. Provai una strana sensazione, molto simile alla delusione, il che era assurdo visto che ero stata io a invitarlo a mollare.

«Peccato. Davvero. Ma io ci ho provato. E Rex pure», aggiunse scherzando. «Se cambi idea sai dove trovarmi».

E così dicendo raggiunse il suo amico, che era rimasto steso a prendere il sole.

«Non credo proprio che verrò a cercarti», dissi a bassa voce, ben cosciente di parlare da sola. Certe volte le azioni giuste comportano dei rospi davvero grossi da mandar giù.

Capitolo 5

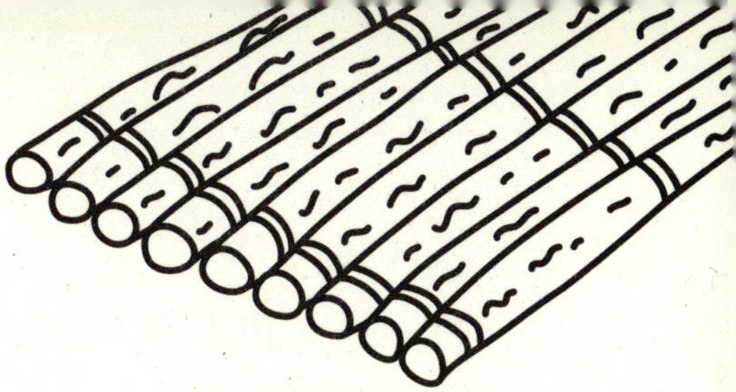

Ero destinata a essere smentita altre mille volte entro la fine della giornata, perché nemmeno un'ora dopo, quella che era stata solo una leggera brezza, si trasformò in una specie di tifone.

«Cos'è questo vento?», chiesi a Silvia in preda al panico. Non per esagerare, ma un minuto prima ero stesa a prendere il sole deliziata da un lieve venticello che mi evitava di sudare peggio che in una sauna, e pochi secondi dopo rischiavo letteralmente di prendere il volo. E non che io fossi un peso piuma.

«Presumo sia la famosa bora», rispose lei, ostentando tranquillità.

«E cosa diavolo sono quei nuvoloni neri che si stanno avvicinando a una velocità troppo sostenuta per delle banali nuvole?»

«Quello è un bel temporale in arrivo», constatò Chiara, che per una volta aveva il volto davvero preoccupato. «Ci dobbiamo dare una mossa. Subito».

E siccome lei non era donna da agitarsi facilmente, Silvia e io ci precipitammo a raccogliere le nostre cose.

Con la coda dell'occhio notai che Federico e il suo amico avevano già caricato la loro barca, non molto più grande della nostra, ma decisamente più veloce a giudicare dalla grandezza del motore. Uomini: per loro era sempre tutta una questione di dimensioni.

Il suo amico voleva partire a tutti i costi, se c'era da prendere sul serio la sua espressione seccata, ma Federico gli stava facendo di no con la testa, intento a osservarci. Pareva che non volesse andarsene prima di essere rassicurato sul fatto che ce l'avremmo fatta anche da sole. Noi tre donzelle finimmo di caricare la barca, buttando dentro tutto a casaccio. Già in condizioni normali non eravamo proprio tre paladine dell'ordine, figurarsi sotto stress. Chiara salì agile e si rimise di fronte al motore, intenzionata ad accenderlo, questa volta con le sue sole forze.

Vorrei poter dire che feci lo stesso, ma ahimè, mi toccò farmi dare una bella spintarella da Silvia, che si era offerta di salire per ultima.

«Sveva, vieni per favore a tenere la fune dell'àncora. Dovrai tirare molto forte, una volta che avrò acceso il motore», mi diede istruzioni Chiara, che mi passò la fune e si concentrò sul suo compito. Tirò davvero come una matta – ancora un po' e le sarebbe partita una mano – ma quella volta il motore non volle proprio saperne di dare anche un solo segno di vita.

«Non può non accendersi...», ripeté più volte sempre più disperata.

«Magari dovremmo dare un'occhiata al motore», provai a suggerire, con il risultato che la mia amica mi guardò come se mi fosse spuntato un terzo occhio sulla fronte.

«Ti offri per l'ingrato compito?», mi domandò sarcastica. E alquanto belligerante. Nel frattempo attorno a noi si stava scatenando quella che temevo essere la tempesta perfetta. Non avevo mai e dico mai visto un cielo così nero.

«Non ne capisco niente di motori», mi sentii in dovere

di precisare, sebbene la cosa fosse già piuttosto risaputa. Provai a sollevare uno speranzoso sguardo in direzione di Silvia, che stava iniziando a fare non poca fatica nel tenere ferma la barca.

«È inutile che mi guardiate...».

«Come inutile? Sei un ingegnere!», le ricordò Chiara.

«Posto che anche la laurea l'ho presa solo per accontentare mio padre e, prima che voi due me lo diciate – sì, so di avere un serio problema – sono un ingegnere gestionale! Il che equivale a dire di fatto che sono un'economista sotto mentite spoglie. Motivo per cui non ne so un fico secco di motori!», rispose spazientita. A quel punto c'era da sperare che non sposasse il suo fidanzato solo ed esclusivamente per far felice il padre. Non so a Chiara, ma a me il dubbio venne.

«Ok, niente panico. Questo è un vecchio motore semplice. Anzi, super semplice. Non ci vorrà niente. Basta solo aprirlo», cercò di tornare lucida Chiara. Si inchinò da una parte e poi dall'altra, provò a premere qualsiasi leva possibile e immaginabile e poi mi guardò serissima.

«Piano alternativo: supplica Federico».

«Cosa? E che razza di piano sarebbe? Non ho la minima intenzione di rendermi ridicola con riccioli d'oro...».

«O quello oppure ci ritroveremo presto in Africa...», borbottò serissima.

In quel preciso istante mi colpì in pieno sul viso una goccia di pioggia talmente grande che davvero non mi rimase altro da fare. «Federico! Federico!», urlai con tutta la forza possibile, sbracciandomi nella sua direzione. Per fortuna l'uomo aveva avuto abbastanza buon senso da rimanere lì, in attesa, tutto quel tempo. In parte perché lo spettacolo doveva essere stato sul serio molto comico, e in parte perché – e mi scocciava ammetterlo – era, a quanto pareva, uno degli ultimi gentleman rimasti sulla faccia della terra.

Federico e Max presero in mano la situazione. E non perché fossero uomini, ma perché, a differenza di noi, sapevano cosa fare, dal momento che avevano entrambi una certa familiarità con la nautica. Pareva infatti che fosse un requisito che qualcuno dotato di raziocinio avrebbe considerato fondamentale, prima di avventurarsi in mare.

E infatti Max aveva uno zio skipper, per cui sulle barche quasi ci era cresciuto, mentre Federico aveva una passione per l'acqua in tutte le sue forme, come scoprimmo durante il tormentato viaggio di ritorno. Una volta capito che il tempo scarseggiava, i due avevano deciso infatti di farci salire sulla loro barca e di trascinare la nostra bagnarola. L'esperienza mi servì per rendermi conto che con le barche bisognava fare attenzione e che la bora non è esattamente un venticello. Tutt'altro, come ebbi modo di scoprire.

Il folle che ci aveva permesso di noleggiare la barca assistette al nostro rientro con una certa ilarità. E forse anche stupore: immagino che si aspettasse di non vederci tornare tanto presto. O per meglio dire, non quel giorno. Per una volta lo spettacolo di noi tre povere derelitte, che venivano scaricate bagnate fradice con tanto di barchetta trainata al seguito, aveva avuto la precedenza sulla saga hollywoodiana. Non era da poco riuscire a rubare la scena ad Angelina.

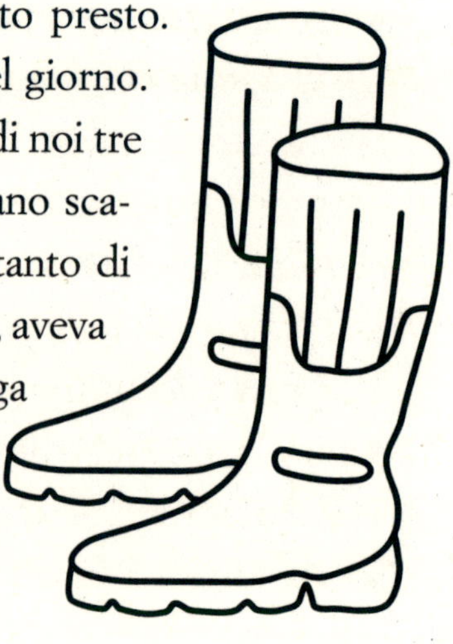

A quel punto l'unica cosa di cui avevo voglia era farmi una bella doccia bollente e sistemarmi al calduccio – sempre che fosse possibile dentro una tenda. Ma per una volta ero pronta a lottare contro la mia perversa e ostinata razionalità e credere ai miracoli. Dopo tutto quello che avevo patito negli ultimi mesi, non mi meritavo forse qualche forma di compensazione divina? Ecco, avrei volentieri iniziato a riscuotere quello che la fortuna mi doveva sotto forma di tenda riscaldata.

Ma appena arrivati al campeggio la mia speranza si rivelò non solo eccessiva, ma del tutto priva di fondamento. Della tenda non c'era traccia.

«Sono quasi certa che la nostra tenda dovrebbe trovarsi in questo punto...», osò dire Chiara, dando voce a parole che avevamo pensato tutti, ma che nessuno aveva voluto esprimere. Indicò pure un punto preciso, che in effetti mi sembrava di una precisione assoluta.

«Ci hanno rubato la tenda?», esclamai oltraggiata.

Pur essendo il momento piuttosto teso, Silvia scoppiò a ridere. «Non ce l'hanno rubata, Sveva. È volata!», mi spiegò senza riuscire a contenersi.

«Non avevate fissato la tenda con i picchetti?», si intromise Federico, che era riuscito a rimanere zitto fino a quel momento. Ma anche gli eroi più stoici hanno un punto di non ritorno. E una tenda senza picchetti pareva essere il suo.

«E chi si immaginava temporali e tifoni simili, ad agosto?», provò a difendersi Chiara.

«Agosto è proprio la stagione dei cicloni caraibici», ci tenne a sottolineare Silvia.

«Senza offesa cara, ma ti sembriamo ai Caraibi?», le feci notare nervosa. Non che la tenda fosse chissà quale giaciglio, ma era pur sempre un tetto sopra la testa, e la sua scomparsa mi stava rendendo un tantino nervosa.

Federico intervenne prima che la situazione potesse degenerare oltre. «Calma, ragazze. Calma! Ho una proposta».

«Sentiamo la brillante idea...», lo guardai dubbiosa.

«Sveva», mi ammonì Silvia, che a onor del vero aveva tutti i motivi per riprendermi. In fondo quell'uomo non aveva fatto che aiutarci da quando aveva avuto la disgrazia di conoscerci e io continuavo a maltrattarlo per il solo che fatto che fosse un uomo. E attraente. Ecco, questo me lo rendeva particolarmente indigesto.

«Ok, ok. Scusami...», borbottai.

«Per questa notte possiamo stringerci in qualche modo nel nostro camper. E domani andiamo tutti insieme a Krk a cercare una meravigliosa tenda nuova. Magari estiva e con dei picchetti...», aggiunse ridendo.

«La nostra li aveva, i picchetti. Sarebbe bastato piantarli», specificò Silvia, lanciando un'occhiataccia nella mia direzione e in quella di Chiara. «Ma come fai a sapere che era invernale?»

«Sono stato *scout* per tanti anni... Di tende ne so qualcosa...».

«Oddio salvaci...», mormorai deprimendomi.

«Sveva!», mi richiamarono questa volta sia Silva che Chiara.

«Ok, ok! Scusa!». Per mia fortuna Federico non faceva che ridere, del tutto indifferente al mio temperamento burbero. Anzi, sembrava divertirsi non poco.

«Sveva, credo che tuo padre potrebbe innamorarsi al volo di Federico», mi canzonò Chiara.

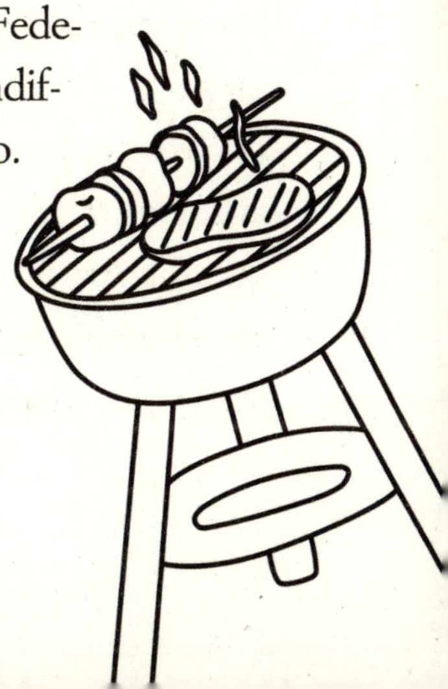

«Dici che dovrei presentarli, una volta rientrata da questa vacanza?»

«Tuo padre è stato scout?», si interessò subito lui.

«Mio padre *è* scout», lo corressi. «Dice che non si smette mai di esserlo».

Lo giuro: gli occhi di Federico si illuminarono di una luce quasi magica. E non che avessero bisogno di ulteriore abbellimento. Erano piuttosto incredibili anche da soli.

«Visto che siamo d'accordo, direi che possiamo accomodarci nel nostro camper», ci fece strada Max, indicando con estrema galanteria la strada e osservando con interesse Chiara. Buon per lei. Arrivati a destinazione aprì la porta e io salii le scale, solo che a metà percorso un grosso essere peloso mi assaltò con entusiasmo incontenibile. Come avevo fatto a dimenticarmi del cane, che si era evidentemente infilato nel camper prima di me?

«Rex! Rex! Buono!», cercava di calmarlo Federico, che però non doveva avere una grande autorità. Almeno non quando si trattava del suo cane, che infatti lo ignorò, continuando a leccarmi senza sosta. «Di solito saluta gli ospiti con entusiasmo. Ma così tanto... Davvero non so cosa gli prenda, credo proprio che tu gli piaccia molto», cercò di scusarsi.

In quel momento – maltrattata dagli agenti atmosferici, rimasta addirittura senza un'orribile tenda come protezione, bagnata fino al midollo e leccata in lungo e largo da un enorme cane – scoppiai a ridere a crepapelle, come mi era capitato poche volte. Accarezzai con una mano la morbida testa pelosa del golden e fissai i suoi begli occhi. Cane e padrone condividevano quella caratteristica. Ed erano anche piuttosto simpatici, a pensarci bene.

«Forza Rex, mostrami la strada», gli dissi. Lui abbaiò tutto contento e agitò la coda, facendomi spazio per permettermi di entrare a tutti gli effetti.

«Prima della fine della vacanza sarete grandi amici», commentò Federico, non nascondendo una certa gioia di fronte al mio cambiamento con il suo amico a quattro zampe. «E magari poi potrebbe mettere una buona parola per il suo proprietario».

Lo osservai con un sorriso. «Ho come il sospetto

che il padrone non avrà bisogno di arrivare a tanto. Sbaglio?»

«Sempre detto che le donne sanno essere dannatamente perspicaci». E mi sorrise a sua volta.

Colonna sonora (di Natale)

Sia, *My Old Santa Claus*
Mariah Carey, *All I Want For Christmas Is You*
Michael Bublé, *Santa Baby*
Ed Sheeran & Elton John, *Merry Christmas*
Stevie Wonder, Andra Day, *Someday At Christmas*
Sia, *Everyday Is Christmas*
Norah Jones, *Christmas Calling*
Mario Biondi, *Driving Home For Christmas*
Train, *Shake Up Christmas*
Sam Smith, *Have Yourself A Merry Little Christmas*
Michael Bublé, *Let It Snow*
Wham!, *Last Christmas*
Coldplay, *Christmas Lights*

Indice

ANNA PREMOLI

L'AMORE È SEMPRE IN RITARDO

Volume di 320 pagine, euro 3,90

I primi amori sono di solito un dolce ricordo, capace di far sorridere. Non per Alexandra Tyler: Norman Morrison, il migliore amico di suo fratello Aidan, l'ha rifiutata senza tante cerimonie dopo che lei ha trascorso l'adolescenza a corteggiarlo e a comporre per lui terribili lettere d'amore in rima. Ogni volta che lo vede – anche ora che è una donna adulta e sta finendo un dottorato in Geologia alla Columbia – non riesce proprio a controllare il malumore. Le sue storie sentimentali sono state tutte un fallimento. E la colpa, secondo Alex, è proprio di Norman. Quando, stanca di incontri poco entusiasmanti, decide di prendersi una sacrosanta pausa dal complicato mondo degli appuntamenti, Norman, altrettanto stufo di pranzi tesi in casa Tyler, le propone una tregua: lasciarsi il passato alle spalle e provare a comportarsi in modo almeno amichevole. Alex non può tirarsi indietro di fronte a quella che per lei suona quasi come una sfida: trattarlo in modo cordiale in fondo non dovrebbe essere così difficile. O almeno, questo è quello che crede…

NEWTON COMPTON EDITORI

ANNA PREMOLI

SFIDA ALL'ULTIMO BACIO

Volume di 320 pagine, euro 9,90

Alicia Garcia e Anderson Douglas provengono da due mondi assolutamente diversi, eppure il loro primo incontro – durante una serata di gala – è destinato a rimanere memorabile. Anderson, rampollo di una potente famiglia della Georgia, è tornato ad Atlanta per presiedere una raccolta fondi al posto del nonno, senatore da decenni, ma al momento fuori gioco per un problema di salute. Alicia invece si è "infiltrata" alla festa per carpire qualche segreto sulla fazione politica avversa. Sulla carta Anderson e Alicia non hanno nulla in comune, anzi, sono dichiaratamente nemici. Eppure le loro strade sembrano destinate a incrociarsi in molte altre occasioni. E se alla fine scoprissero che le loro idee non sono così distanti, almeno non su tutto?

NEWTON COMPTON EDITORI

ANNA PREMOLI

NON SONO UNA SIGNORA

Volume di 320 pagine, euro 9,90

Audrey Thomas è una trentenne newyorkese molto spiritosa e senza peli sulla lingua. È autrice di romanzi erotici e nella vita privata non è troppo incline ad abbandonarsi al romanticismo. Al grande amore preferisce il "divertiamoci qui e ora e poi domani ognuno a casa propria". Ma la sua esistenza sta per essere sconvolta da una serie di novità: sua madre, con cui ha sempre pensato di condividere un certo femminismo intransigente, le annuncia che ha finalmente deciso di compiere il grande passo: si sposa. Come se questo non bastasse, nella sua vita piomba Matt, l'uomo in assoluto più "sbagliato" che potesse incontrare, sia per il ruolo molto particolare che riveste, sia per i valori in cui crede… All'improvviso Audrey si trova a mettere in discussone posizioni che riteneva definitive e a essere tormentata da domande la cui risposta non è più così certa. Una fra tutte la perseguita: in che cosa consiste la vera trasgressione?

NEWTON COMPTON EDITORI